徳 間 文 庫

問答無用
陽 炎 の 刺 客

稲 葉　稔

徳 間 書 店

目次

第一章　小千代

一

寛政《かんせい》四年（一七九二）六月――。

この月の初め、すなわち朔日《ついたち》のことであるが、加賀前田家より将軍家へ雪の献上が行われることになっていた。

その朝、本郷にある前田家上屋敷の表門が大きく開くと、槍持《やりもち》の足軽を先頭に、挟箱《はさみばこ》を持った御徒衆《おかちしゅう》や弓持、馬廻りなどがぞくぞくと屋敷を出て行った。

行列には六挺《ちょう》の駕籠《かご》があり、そのひとつに江戸定府《じょうふ》の家老が乗っている。また他の駕籠のひとつには、金沢より運ばれてきた雪が入っている。雪は白山《はくさん》で採取された、いや医王山《いおうぜん》のものだという者がいれば、冬の間冷たい蔵に保管された雪であるという者もいたが、誰もたしかなことは知らなかった。

しかし、不遜《ふそん》なことをいう者がいた。

「雪なんぞ、わざわざ国許から運んでくる馬鹿がいるものか。富士の麓《ふもと》や信州の山から調達してくればすむことだ」

前田家の平士《へいし》・浅香新五郎《あさかしんごろう》だった。この男は組方（軍事）の物頭《ものがしら》であったが、平生より何かと問題を起こしており、誰もが下手に近寄ったり口を利かないようにしていた。

「おい浅香、妙なことをいうでない。そのようなことがお上の耳にでも入ったらいかがいたす。殿の顔をつぶすばかりでなく、お上の怒りを買ったら一大事だ。慎みおれ、慎みおれ……」

まわりの者に諫《いさ》められる新五郎ではあるが、小うるさいことをいいやがると、鼻くそをほじって相手にしない。そんな男だから、前田家家臣の間では鼻つまみ者となっている。

当然、登城の行列には入っていなかった。

ならば、この大事な日にどこにいたか？　なんのことはない藩邸の長屋で、惰眠を貪《むさぼ》っていたのである。

上屋敷は静かである。この春、前田家十一代目当主・治脩《はるなが》が国許に帰ったので、その供侍たちも大挙して江戸を去っている。そうはいっても、加賀百万石の大藩だから千人近い家臣が定府していた。

「浅香さん、浅香さん……」

戸口からささやくような声がかけられた。

新五郎は寝返りを打って、目を開けた。

「……なんだ半兵衛《はんべえ》か」

「なんだじゃございませんよ。昨夜、喧嘩《けんか》をしたそうじゃありませんか……」

時田《ときた》半兵衛は青い顔をしていた。

この男は御城方御用のひとりで、新五郎のお守り役でもあった。新五郎はふんと鼻を鳴らして、のそりと半身を起こすと、そばにあった団扇《うちわ》を取ってぱたぱたとあおいだ。

「火消しの連中はただじゃ置かないと息をまいております。下手をすると袋叩《ふくろだた》きにあいますよ。いや、先方はそのつもりのようでございます」

「来るなら来てみやがれってんだ。存分に相手してやる」

「まずいですよ。それはとってもいけません」

半兵衛は畳を這《は》うようにしてそばにやってきた。

「何がいけねえっていうんだ。おれが悪かったわけじゃねえんだ。だが、喧嘩両成敗だ。終わったことをまた蒸し返すなら、相手をしてやるまでだ。半兵衛、水をくれ」

いわれた半兵衛は、素直に台所に水を汲《く》みにいった。

昨夜の喧嘩の相手は、前田家で組織されている火消し連中だった。いわゆる大名火消しであるが、髻《もとどり》を跳ね上げた独特の髷《まげ》と、朱や紫地に雲や雷を染め抜いた長半纏《ながばんてん》といった派手な装束が人目を引き、市中の者たちは〝加賀鳶《かがとび》〟と呼んでいた。

町火消しも気が短くて喧嘩っ早いことで有名だったが、加賀鳶も負けていなかった。現に消し口の取り合いで町火消しや、他の大名火消しとたびたび揉《も》め事を起こしていた。

「いったいどんなわけで喧嘩なんかを……」

半兵衛は水を渡しながら、新五郎の顔をのぞき見た。

「酒の席でのことだ」

新五郎は水をあおった。昨夜、飲みすぎたせいか喉《のど》が妙に渇いている。

「それで、何がもとで……」

「おれの出世は女房のお陰だと笑いやがるからだ。小馬鹿にしおって……。だから叩きのめしてやったんだ」

「そういうことだったのでございますか」

半兵衛はうなだれて、膝許《ひざもと》の畳を見たが、すぐに顔をあげた。

「ですが、相手は鼻と腕を折られていると申します。それで仕事もできないそうで……。ちょっとやり過ぎだったのではございませんか」

「そんなことといったって、もう終わったことだ。それで鳶の誰がおれを袋叩きにするといってるんだ」

「みんなですよ」

「……そうかい」

新五郎は団扇をあおいで、表を見た。蟬《せみ》の声がやたらうるさい。縁側に吊《つる》した風鈴の音をかき消すほどだ。

「どなたかに仲立ちをお願いして、穏やかに収めていただきましょうか。浅香さんが暴れると、また怪我人が出ないともかぎりません。そうなると、ご家老さまの耳に入ってしまいます」

「ご家老の耳に入ろうが入るまいが、売られた喧嘩は買うのがおれの性分だ」

「いえ、喧嘩はいけません。下手をすると国許に帰されますよ。ただでさえ、そんな話が持ちあがっているのですから……」

新五郎はあおいでいた団扇の手を止めて、半兵衛を見た。

「そりゃまずいな」

新五郎は顔をしかめた。脳裏に小千代《こちよ》の顔が浮かんだ。

「浅香さん、喧嘩はともかく怪我をさせたのはよくありません。一度見舞って、そのことだけでも謝ったらいかがでしょう。そうすれば鳶連中も溜飲《りゅういん》を下げてくれると思うのですが……」

「謝れだと」

「そうしたほうが無難だと申しているのでございますよ。江戸払いになってもよいのでございますか……」

半兵衛は人の心をのぞき見るような目を向けてくる。

「いやな目で見るでない」

「わたしは国許に帰されてもかまわないのですが、浅香さんはそうではないでしょ。小千代さんとうまくいっているのだし、あと一年の定府を願い出られたのも浅香さんなのですから……」

「おぬしは人の弱いところを……」

新五郎は苦虫を嚙《か》みつぶしたような顔を、空に向けた。入道雲が猛々しく聳《そび》えていた。

「……考えておこう」

そういうと、半兵衛は肩を動かしてため息をついた。

「今夜、浅草へ行く。おまえもついてこい」

「今夜は無理でございます。御用人に呼ばれておりまするゆえ」

「御用人に……さようか、ならしかたない」

二

昼八つ（午後二時）過ぎに将軍に雪を献上した一行が帰ってきた。屋敷内がそれで騒々しくなった。

やれ江戸城がどうの、曲輪《くるわ》内がどうのとうるさくていけない。それでなくても周囲には蟬の声が沸き立っている。江戸定府の家臣らの日常は忙しくはない。とくに組方は暇であるから、物見遊山に出かける者が多い。

夜になれば、市中の盛り場や吉原に繰り出す。昼間から酒盛りをする者もいる。もっとも屋敷内の警備などの当番についているときは、そんなことはできないが。

新五郎は空が黄昏《たそが》れはじめたころ、屋敷を出て浅草に向かった。

もう江戸に来て一年以上たつので、地理に詳しくなっている。目的の場所へ行くための近道や、気の利いた料理屋がどこにある、金に困ったときに便利な質屋はどこにあるなどといったことは、頭のなかにしっかり入っている。

だが、気に食わないのが、諸国から来た武士を浅葱裏《あさぎうら》といって小馬鹿にする江戸雀《すずめ》たちだ。もちろん面と向かっていわれたことはないが、江戸の者たちはそんな目で見ている。吉原の女郎ばかりでなく、岡場所の女でさえ、ときにそんな目をする。

むろん、それは吝嗇《りんしょく》な田舎侍に対する軽蔑《けいべつ》であるが、傍《はた》から見ていても快いものではない。新五郎はそんな場面に接したとき、必ずいってやることがある。女に対してではなく、馬鹿にされた者に対してである。

「宵越しの金を残すようなことをするでない。端《はな》から金がないのなら、遊びに行かないことだ。江戸でけちるとろくなことはないからな」

けちな武士は田舎者という考えが、江戸の者たちの頭にある。新五郎にはそう思えてしかたない。それゆえに新五郎は金離れのよい男だと、女たちに受けがよかった。

そうなるとますます図に乗るのが新五郎である。

これから会う小千代も、新五郎のことをちやほやと持ちあげてくれた。

「加賀の人はよその国の人たちとは大違い。気《き》っ風《ぷ》はいいし、見映えもよいですからね。新五郎さんは、とくにそう……」

そういってしなだれてこられると、ますます気に入られたくなるのが男心である。それに小千代はいい女だ。小千代のことを考えるだけで、新五郎の顔がだんだん締まりをなくしてくる。

上野広小路の雑踏を抜けて、御徒組や御先手組《おさきてぐみ》の武家地を素通りし、浅草新寺町に入った。夏の一日は長い。日は傾いているが、すっかり沈み込むにはまだ時間がかかるようだ。西の空に浮かぶ雲は、朱や橙《だいだい》に染まっている。

昼間はじっとしているだけで汗が噴き出してくるが、風が出てきたせいか、いくらか涼しさを感じる。

下谷車坂町に入ると、道に打ち水がしてあった。ちょうど日陰になっており、その場所だけ冷えた風があり、汗ばんだ体に心地よかった。

煙草屋の脇《わき》路地を入っていくと、小千代の長屋がある。裏店《うらだな》とはいえ、そこは二階建てで冬は日当たりがよく、夏は風の通りもよかった。もっとも夏場は日除《ひよ》けの簾《すだれ》を垂らさなければ、真昼の熱暑を防ぐことはできない。

戸口は閉まっていたが、

「入るぜ」

と、新五郎は気さくな声をかけて小千代の家に入った。狭い三和土《たたき》があり、すぐに上がり框《がまち》である。脇に二階に昇る梯子《はしご》がかけてある。居間には化粧台と鏡と箪笥《たんす》、隅に柳行李《やなぎごうり》を隠す衝立《ついたて》があり、衣紋掛《えもんかけ》に着物がかけられていた。

一階に小千代の姿はなかった。もう一度、足許を見ると男物の雪駄《せった》がある。

まさか……。

新五郎は目を険しくして、もう一度声をかけた。すると男の声が返ってきて、梯子を急いで下りてくる影がある。それは小千代の箱持をしている喜作《きさく》だった。

「いやあ浅香さま、よいところに見えられました。じつは姐《ねえ》さんから大事な話があるんでございます」

そういう喜作は、どことなくよそよそしい。

「上にいるのか？」

「いえ、いま下りてまいられます。茶を淹《い》れますんで……」

喜作が逃げるように台所に行くと、新五郎は居間に上がってどっかりあぐらをかいた。見慣れた部屋をひと眺めして、いつもと様子の違うことに気づいた。片づけが行き届いている。それに行李がいつもより多く、荷造りをしている様子だ。

「あら、旦那《だんな》……」

小千代が梯子を下りながら声をかけてきた。どことなく浮かぬ顔だ。

「よいところでございました。じつは折り入って話をしなければならないことがあるんでございます」

「喜作がそういっていた」

小千代はかしこまった顔で、膝を揃《そろ》えて座った。花柄木綿の浴衣の襟《えり》を正し、にこっと微笑《ほほえ》むが、硬さがあった。

「それでいかような話だ」

「急なことなんでございますがね……」

喜作が二人分の麦湯を差し出して、

「姐さんあっしは外に」

と、逃げるようにして家を出てゆく。

二人だけになったが、小千代は麦湯に口をつけて何かを躊躇《ためら》っている。

「おい、どうした。話すことがあれば、さっさとやってくれ。そのあとで、うまいものを食いに行こうではないか。今日は奮発して、鰻《うなぎ》でも食うかと思っていたのだ。暑気払いには鰻だ。さあ、話せ」

新五郎は扇子《せんす》をあおいで小千代を眺める。いつ見てもいい女だ。表に喜作がいなければ、そのまま押さえつけるところだが、それはあとでいいと、勝手に決めつける。

「大変に申しにくいことなのですが、じつはここを出ることになりましたの」

「引っ越しか。だったら手伝ってやろう。それでどこへ越す？」

「いいえ、そういうことでは……」

「だったらどういうことだ」

小千代はもじもじして視線をそらす。それから何かを思い決めたように小さな吐息をついて、新五郎を真正面から見た。

「わたし、商売をよして、身請《みう》けしてもらうことにしました」

「は」

新五郎はすぐには呑《の》み込めず、二度三度とまばたきをした。

「蔵前にございます札差屋《ふださしや》の旦那がわたしの面倒を見たいと、どうしてもおっしゃいますの。幾度も断ってはいたのですが、いろいろ考えた末に心を決めたんでございます」

「決めたって……その、それはつまり、嫁になるということか、それとも妾《めかけ》になると申すのか」

　小千代は一度うつむいてから顔をあげた。満面に嬉《うれ》しさが漂っている。

「妾ではなく正妻にしていただくことになりましたの」

　はずんだ声でそういった小千代は、相手は蔵前でも指折りの商人で、主に大身旗本を相手にする大坂屋の主だという。前妻は一年前に流行病《はやりやまい》にかかり、看病の甲斐《かい》もなく死んでしまったらしい。その喪が明けたので、晴れて嫁取りをすることになったが、白羽の矢が小千代に立ったというのである。

「わたしも三十路《みそじ》まであとわずか。この商売も長くはつづけることができません。それに旦那はいずれ、国許に帰られる身。その国許には大事な奥様がいらっしゃいます。結局は、旦那に捨てられる身です。だったら、せっかくのよい話。この機を逃したら、きっとあとで悔やむのではないかと思うのです。そういうことですから、浅香の旦那、これできっぱり縁を切ってもらいたいのです」

「……ああ、そうであるか」

　新五郎は惚《ほう》けたような顔で返事をした。頭が真っ白になっていた。小千代はそんな新五郎などにはかまわず、自分の幸せをきっと願ってくださいますねとか、はなむけの言葉などいらない、旦那の気持ちは十分察している、短いご縁でしたけれど、これまでのことは感謝しているなどと、立て板に水を流すようにしゃべっていた。

うわの空で聞いている新五郎には、その言葉の断片しか頭に入っていなかった。

「旦那、わたしは嫁いでしまいますけれど、一生旦那のことは忘れませんからね。お達者でお暮らしくださいましよ」

小千代はそういって、新五郎の手をにぎってきた。

「そういうことであったか。はは、それはよかった。何よりだ。蔵前の札差なら一生安泰だろう。そうであるか、なるほど、そうであるか」

半分泣きたい思いだが、空元気を出して、

「きっと幸せになるのだぞ。わしのことなど忘れてよいから、亭主に尽くすことだ。小千代、幸せを祈っている。おまえの門出の邪魔をしては申し訳ない。それでは、さらばだ」

と、力なく立ちあがって、小千代の家をあとにした。喜作が何か声をかけてきたが、返事もしなければ見向きもしなかった。

三

新五郎は腑抜《ふぬ》け面で歩いていた。

自分でもどこをどう歩いたのかさっぱりわからなかった。黄昏れた空に呼び込みの声が広がっている。茶店の縁台で町娘が楽しそうに笑っていた。焦点の定まらない目で歩く新五郎は、何度か人にぶつかった。罵声《ばせい》を背中に浴びたが、怒鳴り返す元気もなかった。

小千代と一日でも長く過ごしたいという思いで、定府の延期を願い出、それを受け入れられたまではよかった。しかし、好きな女に振られてしまった。

一時の夢だった、あれは幻だったと思おうとしても、心に受けた痛手は大きかった。なんと女運のない男なのだと、自分のことが情けなくてしようがない。

かといって小千代を妾にするほどの財力も権力もない。いっそのこと無理心中でもしてやろうかと、自棄《やけ》な気持ちが鎌首《かまくび》をもたげたが、それもすぐに萎《な》えてしまった。

気づいたときには蔵前に来ていた。夕日に染まっている町屋の通りをひと眺めした。顔といわず背中といわず、汗が噴き流れているが、気にもならなかった。

「はあ……」

それで何度目かわからない大きなため息をつき、肩を落としてそぞろ歩いていると、大坂屋という看板を見つけた。

小千代がいったように、大店である。間口は七、八間《けん》はあるだろうか、暖簾《のれん》越しに店のなかが見える。土間に米俵が積んである。店の表には大八車が五、六台ある。

暖簾も看板も立派である。店構えも堂々としている。

小千代はこの店の後添《おかみ》いになるのか……。大層な出世ではないか。一度は惚《ほ》れた女が幸せになるのだから、それはそれでいいではないか。

国許に妻のある男が嫉妬《しっと》しても、自分の思うようにならぬことははっきりしている。それでも、小千代をもらう大坂屋の主の顔ぐらい見たい。さぞや、色男であろう。男っぷりがよくて、見映えのいい男に違いない。

何度か大坂屋の前を往ったり来たりして、暖簾越しに店のなかをのぞき込んだ。帳場に座っている男が二人いる。どうやら番頭らしい。それともどちらかが主か……。

「もし御武家さま……」

ふいに声をかけられて振り向くと、小太りで髷《まげ》の薄くなった男が立っていた。そばに風呂敷包みを持った小僧をしたがえている。

「なんぞ御用でもおありでしょうか。さっきからお見受けしておりますと、わたしの店に御用がおありのようですが……」

「わたしの店というと、ここがおぬしの……」

新五郎は大坂屋と初老の男を見比べた。

「さようでございます。もし御用があるのでしたら、ささ、ご遠慮なさらずに店のほうへお入りくださいませ」

大坂屋はにこやかな顔で勧める。

新五郎はその顔をじっと見つめた。なんだこんなくそ爺《じじい》だったのか。こんな野郎のどこがいいのだ。金か。ふん、所詮《しょせん》は金だろう。

新五郎は腹のなかで吐き捨てた。なんだか無性に腹立たしくなった。若くて見映えのいい男だったなら、あっさりあきらめもつくが、こんな狸爺《たぬきじじい》だったとは……。

新五郎は小千代に振られたことで意気消沈し、大坂屋の主に落胆した。そんな自分はもっとみじめだった。

「どうぞ、こちらへ……」

大坂屋がうながすのを無視して、新五郎は背を向けて歩き出した。悔しさと得もいえぬ寂寥感《せきりょうかん》が心を満たしていた。どこかでやけ酒でも飲んで酔ってしまおうかと思いもしたが、いざ店の前に立つと、楽しげな笑い声が耳障《みみざわ》りだった。

時間がたつうちに、小千代が憎らしくなった。自分は都合よく付き合わされただけの阿呆だと思った。戻って斬《き》りつけてやろうかと、怒りさえ湧《わ》くほどだった。

しかし、その気持ちを抑えながら藩邸に戻るうちに、小千代との短い思い出が走馬灯《そうまとう》のように蘇《よみがえ》った。大川で肩を並べて見た夏の花火、市村座で見た芝居、楽しかった神田祭、差しつ差されつで楽しんだ雪見酒……そして、何より忘れられないのが小千代のあの吸いつくような柔肌である。あの温もりが忘れられない。もう一度、小千代を抱きたいと思う。

しかし、もうそれはかなわぬことだ。小千代はもう自分のものではないのだから……。

滅多にしょげることのない新五郎ではあるが、その夜はがっくり肩を落として、うなだれて帰るしかなかった。

裏門の潜《くぐ》り戸から屋敷に入り、そのまま侍長屋に足を進めていると、庭石を踏む音が近づいてきた。

ふと、顔をあげると、いくつもの提灯《ちょうちん》の明かりが浮かんでいる。それが迷いなく、新五郎に近づきつつあった。

加賀鳶の連中だった。木綿の着流しを端折《はしょ》った股引《ももひき》姿に、襷《たすき》をかけている。いかにも物々しく、提灯の明かりに浮かぶどの顔も殺気立っていた。

新五郎が足を止めると、加賀鳶の連中も立ち止まった。しばらくのにらみ合いがあり、鳶の頭《かしら》が口を開いた。

「浅香殿、今日一日お待ちしておりましたが、ついに見舞いに来られませんでしたね。何故に、そのような無礼をおはたらきになられる」

鳶頭は穏やかな口調ではあるが、明らかに怒気が含まれていた。

「無礼とは心外な。先に無礼を申したのは、寛助《かんすけ》ではなかったか……」

新五郎の喧嘩相手が寛助だった。

「寛助にも非はたしかにありましたが、ものには程というものがあるのではございませんか」

「ほう、ならば貴公のいう程というものを教えてもらおうか」

「お待ちを、お待ちを、しばらくお待ちを……」

新たな声がして、息を切らしながら駆けてきたのは半兵衛だった。

四

「浅香さん、お待ちしていたんでございます」

駆け寄ってくるなり、半兵衛は息を喘《あえ》がせながら言葉を足した。

「御用人佐伯《さえき》さまからの火急のお呼び出しでございます。ただちに御用部屋に来てほしいとの仰せです」

「御用人が、おれに……」

半兵衛は怪訝《けげん》そうな顔をする新五郎から加賀鳶の連中に向きなおると、その場に土下座をした。

「この場はどうかひとまずお収めいただけませんでしょうか。佐伯さまからの火急の用事がありますゆえ、何とぞお願い申しあげ仕《つかまつ》ります。このとおりでございます」

半兵衛は額《ひたい》を地面につけて懇願する。

加賀鳶の連中は互いの顔を見合わせた。

「昨夜の一件については、あらためて御用人さまからお話をするとの仰せです。どうか、ここはお引き取り願えませんでしょうか」

「御用人佐伯殿が、話をすると申されているのか？」

鳶頭が半兵衛に一歩近づいて聞いた。

「はは、そのように申されております。とにかく、佐伯さまは浅香さんに早急に会わなければならないのでございます」

「……ふむ、そういうことであれば、いたしかたなかろう。しかし浅香殿、昨夜の一件はこのまま水に流すつもりはない」

鳶頭は半兵衛から新五郎に顔を向けて、言葉を添えると、そのまま仲間を連れて自分たちの長屋に戻っていった。

「いったい御用人がおれに何の用があるというのだ」

新五郎は手についた砂を払って立ちあがった半兵衛に聞いた。

「それはわたしにも、しかとわからないことですが、とにかく相談したいことがあるそうで……」

「相談……」

よくわからぬと首をかしげる新五郎だが、そのまま御用部屋に足を向けた。あとから半兵衛もついてくる。

加賀前田家の上屋敷は広大である。

およそ十万四千坪の広さがあり、育徳園《いくとくえん》という池のある庭を配した御殿を、江戸詰の家臣たちが住む侍長屋が囲むように建っている。

御殿は大名と正室、高位の家臣らの住居の他に、客殿や政務を執り行ういくつもの部屋がある。

お貸し小屋と称する侍長屋は、江戸詰の家臣団が住んでいる。藩邸は広大であるがために、屋敷内で用をすますことのできるお使い町という町屋まで備わっていた。

さらに、御殿と家臣団の居住域は長塀によって仕切られている。

「小千代が嫁に行くことになった」

新五郎がぼそりというと、半兵衛が「えっ!」と顔を振り向けた。

「相手は蔵前の札差の狸爺だ」

「いつ、そんなことに……」

新五郎はせつないため息を漏らして、小千代がいい訳がましく話したことを伝えた。

「……それはお気の毒な」

「なにが気の毒だ。あの女はそれで幸せになるのだ。一時でも惚れた女が幸せになるのだ。気の毒なものか……」

「……それじゃお祝いでもなさってこられたのですか?」

「馬鹿を申せ。おれは振られたのだ」

吐き捨てた新五郎はずんずん歩き、御殿に入る門をくぐると、あとの案内を半兵衛にまかせた。滅多に足を踏み入れる場所でないからよくわからないのだ。

立派な玄関に入り、四畳半もあろうかという式台を横切り、長い廊下をしずしずと進む。表には手入れの行き届いた庭が、月明かりを浴びていた。灯籠《とうろう》には火が入っていて、その周囲だけがあわく浮かびあがっている。

「失礼いたします。浅香新五郎さまをお連れいたしました」

御用部屋の前で半兵衛が手をついて、部屋のなかに呼びかけた。

「待っておった。入れ」

すぐに声が返ってきたので、新五郎は作法通り敷居の前で平伏して御用部屋のなかに入った。百目《ひゃくめ》蠟燭《ろうそく》の点《とも》された部屋は明るく、蚊遣《かや》りが四方に焚《た》かれていた。

「面《おもて》をあげよ」

新五郎はいわれたとおり、顔をあげた。

「浅香新五郎お呼び出しに与《あずか》り参上仕りました」

佐伯勘右衛門《かんえもん》がじっと見てきた。白髪頭だが、まだ年は四十前後だろう。顔の肌つやはよく、目にも力がある。

「おぬしの噂はかねがね耳にいたしておるが、なるほどなかなかの面構えだ。それに体も大きい。さぞや腕っ節も相当なものであろう」

「……………」

「おぬし、先手足軽頭《さきてあしがるがしら》であったな」

「さようにございまする」

先手足軽頭は平士である。この上に組頭や番頭《ばんがしら》がいる。そして、新五郎の前にいる御用人の佐伯は、じつは新五郎と同じ平士であるが、組頭であり近習御用《きんじゅうごよう》であるから、高位にあたる。この近習御用は出世格で、いずれ人持《ひともち》になることもあった。人持である上士《じょうし》は、前田家に六十八家あり、七組に分かれて組織されている。石高は上は一万石以上、下は一千石と差はあるが、実権は相当なものだった。

「此度《こたび》の交代を延ばして、定府を願ったと聞いておるが、何故そのような願いを出した」

「はは、それは……江戸が気に入ったからです」

「それだけか？」

「は、いや。惚れた女ができましたゆえ……」

佐伯はいきなり噴き出して、愉快そうに笑った。扇子をぱたぱたと打ちあおぎ、

「正直なやつだ」

と、顔をほころばせた。固い空気がそれで払われた。

「それで御用の向きは……」

堅苦しいことが好きでない新五郎は早く退散したかった。

「ふむ、そうである。もうちとこれへ……」

新五郎は一膝二膝、そしてもう一膝進めて、佐伯に近づいた。

「他でもない。おぬしには国許に帰ってもらわねばならぬ」

「国に……」

新五郎はさっと顔をあげて、佐伯を真正面から見た。

「さよう。よいか、これは大事な用命である。他言はならぬ」

佐伯の顔は引き締まり、目が光った。その澄んだ鋭い瞳には燭台《しょくだい》の炎が映り込んでいた。襖《ふすま》に映る二人の影法師がふらりと揺れると、

「人を斬ってもらう」

と、佐伯は付け足した。新五郎は息を呑んだ。

「相手は公儀御用人。我が家中を探るお庭番である」

新五郎は息を止めた。幕府に背くということか。

「そのお庭番の正体はわからぬ。当家に巡見使《じゅんけんし》が入ったのは、先代当主の加賀守《かがのかみ》重教《しげみち》さまのときであった。以来、当家に巡見使は来ておらぬ」

巡見使とは、幕府が諸国に派遣して幕領や私領などをまわり、その国情を細かく視察する使節のことをいう。そのことで諸国の政情や民情が汲みあげられ、幕府の治世に生かされるようになっていた。

「先の巡見使来訪においては何事もなかったが、その数年後城下で大火が起き、城の大半が焼けるということがあった。その後、城普請《ふしん》が行われているのは、おぬしも知っているとは思うが、巡見のあとには何やらよからぬことがある」

佐伯は細い眉《まゆ》を上下に動かしてつづける。

「此度は巡見ではないが、それと通ずるものがある。当家は外様《とざま》ではあるが、百二万五千石の大国。幕府の目は殊の外厳しい。くわえて、参勤交代などの出費も馬鹿にならぬし、当家の台所は決して楽ではない。ここにいらぬ幕府の手が入れば、それこそ泣き面に蜂《はち》というものだ。そうはいうが、我が前田家は決して幕府に背いているわけではない。謀反を起こすつもりもない。あくまでも将軍家に仕える一大名家に過ぎぬ」

「…………」

「わしの含むところはわかるな……」

「ははっ……」

「この春帰国あそばされた殿は、明倫堂《めいりんどう》と経武館《けいぶかん》をお作りになった。来る月にそれぞれの講義がはじまる。当家は財物きついながらも、才気煥発《さいきかんぱつ》なる人材を育てるためにもそのような学校を作ったのである。そのことを誤解され、またいらぬ穿鑿《せんさく》をされるのは不愉快きわまる。いやいや、下手《へた》な勘繰《かんぐ》りをされるのは勝手であろうが、またもや先の巡見使のあとに起きた騒ぎがあってはことだ。そうではないか……」

つまり、佐伯は宝暦《ほうれき》九年（一七五九）に金沢城下で起きた大火は、幕府の陰謀ではないかといっているのと同じである。要するに、今度もそのようなことがあるのではないかと危惧《きぐ》しているのだ。

「佐伯さまのご懸念よくわかりました。しからば、いかがすればよいのでございましょうぞ？」

「よくぞいってくれた。浅香、そのほうはなかなかの腕だと聞いておる。家中の剣術試合でも五本の指に入るらしいではないか」

「いえ、さほどのことは……」

「なかなかの才気もあるという。いささか気が短くて、不始末を起こすのは目に余るようだが、これからは心してもらいたい。よいか、相手は公儀役人だ」

佐伯は尻《しり》すぼみに声を低くしていった。

「斬れと申されましたが、まことに……」

新五郎も声を低くした。きらっと佐伯の目が光った。

「内聞なことだ。横目《よこめ》をやっていたおぬしに適役と思っての下命《かめい》であるが、相手をよく見定めて、その要がないと判断できたならば、その限りではない。よいな、わかったな」

「御意《ぎょい》」

「明日、江戸を発ち、急ぎ金沢に戻れ」

「明日でございますか」

あまりにも性急なことに新五郎は口を半開きにした。

「いかにも。あとのことは半兵衛に申しつけてある。わからぬことがあれば、半兵衛に聞くがよい」

佐伯はそれだけをいうと、扇子を閉じて、脇息《きょうそく》にもたれた。

もう用はすんだ帰れということであろう。新五郎は退出するために下がったが、すぐに呼び止められた。

「浅香、火消しの連中と揉めておるそうだが、心配いたすな。わしのほうでうまく収めておく。おぬしはあとのことは考えずともよい。前田家のためにひとはたらきじゃ」

「は」

新五郎は頭を下げて、御用部屋を出た。

「半兵衛、おぬしもおれと国に戻るのか」

「どうやらそのようです」

「ふむ」

廊下を戻りながら見あげた空に、丸い月が浮かんでいた。

五

菅笠《すげがさ》を目深《まぶか》にかぶり、縦縞《たてじま》の紺木綿を着流し、腰に大小を差して歩いてくるひとりの武士がいた。その姿を見ただけでただ者ではないと知れるが、すれ違う者たちは真夏の暑さに辟易《へきえき》しており、他人のことなどよく見ようともしない。

道の先で陽炎《かげろう》が揺れている。

張り出した枝に張りついた蟬たちが、高らかに鳴きまくっている。道の左手を流れる浅野川《あさのがわ》は、炎天下のなかできらきらと星のような輝きを放っていた。

足取りのしっかりした武士は、やがて浅野川大橋の手前で立ち止まり、菅笠の庇《ひさし》を指先で少し持ちあげた。

炯々《けいけい》とした眼光が遠くに飛ばされた。その頰を幾筋もの汗がつたっている。武士は意志の強そうな唇をぐいと引き締めた。

武士の名は、佐久間音次郎《さくまおとじろう》――。

仮の住まいにしている遠江白須賀《とおとうみしらすか》から金沢に入ったのは、つい三日前のことだった。音次郎を呼び出した公儀お庭番・村垣重秀《むらがきしげひで》と落ち合うことになっているが、いまだ会えずにいた。また、村垣についているはずのお藤《ふじ》と不動前の三九郎《さんくろう》の姿もない。

いったいどうなっているのだと、胸の内で吐き捨て、浅野川の畔《ほとり》に立ち、もう一度大橋の向こうを眺めた。

深緑に覆われた卯辰山《うたつやま》がある。その東方の彼方に医王山が霞《かす》んでいた。

音次郎は手拭《てぬぐ》いで首筋の汗をぬぐうと、再び歩きはじめた。この城下は浅野川と犀《さい》川という二つの川の間にある。東には山を背負い、西には海を臨む。要するに、川を越さなければ城下には入れないという土地であった。

金沢城はその両河川の間にある高台に建っている。堀をめぐらした城の周囲（曲輪）には、武家屋敷がひしめき、その外周に町人地があり、さらにその町人地を大きく取り囲むように、寺町と武家地があった。

かまびすしい蟬の声を別にすれば、いたって閑静な町並みである。江戸のように急な坂もない。もっとも城の東側は卯辰山からの地続きとなっており、ゆるやかな上り坂はあるが、それもさほどのことはなかった。

音次郎が城に近づくのには、それなりのわけがあった。城の南東に石川門がある。その御門のそばに、蓮池庭《れんちてい》という庭園がある。

その庭園の高台に真新しい建物があった。

聞くところによると、文武を奨励し有能な人材を育成するために作られた学校だという。ひとつは学問を修める明倫堂、もうひとつは武術修練を目的とする経武館であった。

いわゆる諸国に見られる藩校である。完成したのは今年の二月。そして、江戸参勤から戻ってきた前田家当主・治脩が帰国したのが、四月の末であった。開校は来月（七月）だというが、治脩の帰国に合わせてのことと考えられる。

そして、音次郎が呼び出しを受けたのが、治脩帰国からしばらくのちであった。よって村垣の用件も、この二校に関することではないかと考えたのである。

浅野川の畔から城に近づいてゆくと、まず外惣構堀《そとそうがまえぼり》に出くわす。さらに足を進めると、内《うち》惣構堀がある。

金沢城は、城まわりの内堀とは別に、この二つの堀に囲まれていることになる。なかなかよく考えて作られている。さらに、浅野川と犀川が、自然の要害となっている。いざ戦《いくさ》になっても、簡単に攻め入ることはできないだろう。

ただし、城には天守閣などの高い櫓《やぐら》は見られない。宝暦《ほうれき》の大火で焼け落ち、城は復興の最中だという。

ゆるやかな坂を上って目当ての蓮池庭までやってきた。のちの兼六園《けんろくえん》であるが、まだ庭園は現代のように完成されてはいない。

石川門を眺めた音次郎は、明倫堂の近くに立った。幾人かの役人らしき者が出入りしているぐらいで静かである。前田家家臣はもちろんのこと、希望すれば町方や村方の人間も学ぶことができるらしい。

明倫堂と経武館は廊下でつながっている。奥に馬場があり、松の緑がまぶしい。松だけでなく、四季を彩る木々が植えられている。音次郎は四方に視線を走らせるが、目当ての人物を見つけることはできなかった。

——いったい、どこにいるのだ。

胸の内でつぶやき、やってきた道を戻った。

予定であれば、すでに合流していなければならないが、約束の場に行っても村垣らに会うことはできなかった。いたずらに呼びつけたわけではなかろうにと、苛立ちを覚えるが、不満をぶつける場所はない。腹を据えて、気長に待つしかないようだ。

橋場町に戻った音次郎は、浅野川に近い粗末な料理屋に入った。雨戸を外してあるので、入れ込みが広く見える。日除けの葦簀《よしず》に蟬が張りついて、さかんに鳴いていた。

縁側に腰を据えた音次郎は、遅い昼餉《ひるげ》に取りかかった。運ばれてきた膳《ぜん》には、鮴《ごり》の佃煮《つくだに》と筍《たけのこ》の佃煮、そして鮎《あゆ》の塩焼きがのせられていた。なかなかの馳走《ちそう》である。

甘辛く煮て漬け込まれた鮴は、少々塩辛くもあるが、飯のおかずにはちょうどよさそうだし、汗を噴き出すこの暑さにはうってつけだった。それに嚙んでいるうちに、旨味《うまみ》が口のなかに広がってきた。

筍の佃煮はやわらかくなっており、舌触りがよくそれでいて、ほどよい嚙みごたえがある。酒の肴に合いそうだ。

鮎の塩焼きも、うっかり酒を飲みたくなる代物だった。こんがり焦げた体に、粉を吹いたような塩が黄色く変色し、鮎の白身を引き立てていた。

音次郎は飯のお代わりをして、鮎の頭からかじりついた。ほくほくの身が口のなかでとろける。

「うまい。なかなか、うまい……」

ひとり納得して飯を平らげると、店の女が微笑みながら片づけに来た。

「そんなにいっていただけると、嬉しゅうございます」

まだ若い女で、雅《みやび》な話し方をする。

「御武家さまは、どちらのご家中の方でございましょうか？」

「うむ……」

音次郎は茶を飲んで考えた。役目のことを考えると、下手なことはいえない。

「片町のほうだ」

城下に入るときに立ち寄った町を口にすると、

「それじゃ村井さまの……」

と、女が笑みを見せる。音次郎も暗に笑みを返してやった。

「お茶を……」

女がいうので、音次郎は湯呑みを差しだした。

白い雲がゆっくり動いている。その雲の向こうには青空が広がっていた。脳裏に、白須賀で留守を預からせているきぬの顔が浮かんだ。

闇に蠢《うごめ》く悪を成敗するために囚獄《しゅうごく》・石出帯刀《いしでたてわき》の一存で、牢屋敷から解き放たれた音次郎の世話をするきぬも、同じ牢屋敷に留め置かれていた身であった。以来、監視を受けながらの暮らしがはじまり、音次郎は囚獄の命を受けて悪党たちを成敗してきた。それを陰で支えるのがきぬであった。

そして、二人は日を追うごとに夫婦同然になり、江戸を離れると同時に囚獄の支配からも解き放たれ、遠江・白須賀に居を構えた。もっとも仮の住まいでしかないが、江戸を離れたことが気持ちにゆとりを持たせたのか、音次郎もきぬも伸びやかになり、またともすれば暗くなりがちなきぬの面差しも日々に明るくなっていた。

しかし、そこには新たな役目が待っていた。それは、公儀お庭番の補佐をすることであった。今回もそのために金沢に呼び出されているのであるが、その役目はまだ何も知らされていない。おまけに、お庭番である肝心《かんじん》の村垣にもその助をする三九郎にもお藤にも会えない。こうなると、きぬのことを思わずにはいられない。

いまごろ何をしているだろうかと思う。こういう長閑《のどか》な地なら、きぬも連れてくればよかったと、思いもする。無論、役目がなければの話ではあるが……。

「ここは居心地がよい。もう少し休ませてくれるか」

茶を入れ替えてきた女にいうと、

「どうぞ、お気のすむまでいらしてください」

と、やさしげな目に笑みを見せる。おそらく十六、七だろう。肌つやが初々しい。

「半刻ほど昼寝でもさせてもらうか」

音次郎はそのまま縁側にごろりと横になった。


近くで鳴る時の鐘音を聞いたのは、それからいかほどたってからのことであろうか。すっかり深い眠りについていたようだ。

慌てて目を覚ますと、卯辰山の上に浮かぶ雲が、うっすらと赤みを帯びていた。瀬音を立てる浅野川には西日の帯が走っていた。

料理屋を出ると、その足で浅野川大橋の南詰めに向かった。時の鐘がそばにある。

夕暮れ間近な通りには、いつしか人の姿が増えていた。行商の者に、牛に大八車を引かせた百姓、そして家路につく前田家の家臣。家臣はひとり歩きの者もいれば、供《とも》を連れた者もいる。麻や絽《ろ》の羽織、またその風貌《ふうぼう》などから家格が自ずと知れた。

親に手を引かれた町の娘や、元気よく駆けてゆく子供たちもいる。商家は夕暮れの書き入れを迎えようとしていた。

しかし、音次郎の会いたい人の姿は影も形もない。

六

そのころ、音次郎より先に金沢城下に入っていたお藤は、城下を貫く北国《ほっこく》街道から少し脇道に入った平野屋という料理屋に潜入していた。平野屋は城下でも指折りの貸座敷で、主に家格の高い武士が利用することで知られていた。

南町という町で、城からもほどないところにあり、御用商人の店が多い。店の前には贅《ぜい》を凝らした駕籠が何挺も並び、そばには担ぎ手や供の侍がたむろしていた。また警備の徒衆や馬廻り衆もほうぼうに立っており、そこだけものものしい雰囲気を醸《かも》していた。

平野屋の庭に忍び込んだお藤は、渡り廊下の床下に隠れ、さっきから料理や酒を運ぶ仲居たちに目を光らせていた。広座敷には加賀前田家の重臣たちが集まって宴会をはじめている。楽しげな声に琴の音が混じっている。

お藤は床下から出ると、ひょいと渡り廊下に飛び移り、戸袋の陰に身をひそめた。料理を運び終えた仲居が座敷から出てきた。

「ちょいと」

お藤が声をかけると、仲居が振り返った。同時にその口を塞《ふさ》ぎ、当て身を食らわせると、抱えるようにして床下に運び入れた。仲居は気を失っている。

お藤は急いで仲居の着物を剝《は》ぎ取って、身につけていった。途中で目を覚まされては困るので、仲居の口に猿ぐつわを嚙ませ、身動きできないように手足を縛った。それから再度あたりの様子を探り、廊下に飛びあがると、何気ない顔で奥に歩いていった。料理を運ぶ仲居とすれ違うと、微笑んで軽く腰を折る。

「ご苦労でございますね」

声をかけると、相手はにっこりして座敷に向かった。

この夜、平野屋に集まっているのは前田家の支城である小松城代をはじめとした、家老や若年寄、人持組頭、公儀御用といった錚々《そうそう》たる人物ばかりであった。

江戸参勤から帰郷しての初めての慰労会である。当主こそ出席していないが、堅苦しい城内と違い、みんなの顔には一種のゆるみがあった。

酒が進むにつれ座は盛りあがり、座興の能狂言が終わると、前にも増して盛りあがってきた。お藤は何度か酒や料理を運んだり下げたりしたが、ひと通りの料理が揃うとあとは酒の追加だけとなった。

「おい、酌《しゃく》をしろ」

という声がどこからともなくあがる。そばにいた仲居が酌婦代わりとなって、重臣らの相手をする。お藤は上座に近いまだ三十代と思われる男のそばにわざと近づいた。

さっきから聞き耳を立て、宴会の様子を観察していたお藤は、この男が年寄役で横山《よこやま》山城守隆従《やましろのかみたかより》だと気づいていた。

年こそ若いが、前田家の重臣であり、並み居る重臣らよりも利発な顔をしていた。

「そのほう、ここへまいれ」

さりげなく秋波を送ると、食いついてきた。

「わたしでございましょうか」

「そうじゃ、酌をしてくれまいか」

お藤は遠慮がちにそばに座って、丁寧に酌をしてやった。隆従は満悦の顔である。色白の顔が、桃色に染まっている。隣にいるのは隆従より年上の奏者番頭《そうじゃばんがしら》だった。さっきから江戸表や今後の前田家のことをしきりに相談しあっていた。

酒が入っているうえに、国許に帰ってきたという安心感があるのか、みな総じて口が軽い。幕府の政策を論じたり、今後前田家はどのように発展していかなければならないかを話し合っている。下世話なことばかり話して、呵々《かか》大笑する者もいるが、お藤はそのような人物は無視して、そばにいる隆従をはじめとした周囲の者たちの話に聞き耳を立てつづけた。

にぎやかな座敷表にある庭は、月明かりに満たされていた。塀の先には幾千万の星々が散らばっている。浮かれた声が、そんな空に吸い取られていった。

七

翌日も、音次郎は無為の時を過ごすことになった。お陰で城下の地理に少し詳しくなったのが、気休めであった。

夏の金沢は江戸育ちの音次郎には蒸し暑く感じられたが、それにも少しは体が慣れたようだ。傾いた日が卯辰山の上に浮かぶ雲を朱に染めはじめたころ、浅野川大橋の南詰めに立った。そこが村垣たちと落ち合う場所であった。

今日も会えなければ、留守を預からせているきぬのいる白須賀に帰ってしまおうかと、頭の隅で思う。それとは逆に、村垣たちにのっぴきならない事態が出来《しゅったい》しているのではないかと、心配もする。

いずれにせよすぐに金沢を離れられそうにはない。道行く者たちを眺めているうちに、菅笠を被《かぶ》った女といっしょに歩いてくる一本差しの男がいた。

その二人連れを認めたとたん、音次郎の顔がにわかにゆるんだ。

「待っていたのだぞ」

やや咎《とが》め口調で声をかけると、お藤と三九郎が小走りに駆け寄ってきた。

「申しわけありません。ごたついたことがありましたんで」

いきなり三九郎はそんなことをいった。

「何か揉め事か？」

「妙なことに巻き込まれちまって……」

言葉を切った三九郎はお藤を見た。

そのお藤がまっすぐな眼差しを向けてきた。音次郎はその視線に懐かしさと熱いものを感じ取った。

「前田家に探りを入れていた村垣さんが、城下のかぶき者らに捕らわれてしまったんです」

「かぶき者……」

「そうです。助けに行ったのですが、もうそこにはいなくて……」

「いつのことだ？」

「捕まったのは昨夜のことです。かぶき者たちの居所を突きとめて、そこへ行ったのが今朝のことですが、もう誰もいなくて……」

「それじゃ村垣さんは、どこに連れて行かれたかわからぬのか」

「さようで」

三九郎は情けなさそうに眉を下げた。

「それにしてもいったいなぜそんなことに……」

「とにかく道々話しましょう」

「どこへ行くんだ？」

「旦那と会えたんです。もう一度、村垣さんが捕らわれていた家に行きましょう」

三九郎はそこに何か手掛かりがあるかもしれないという。

かぶき者とは、派手な衣装を纏《まと》い、尋常でない奇抜な振る舞いをする遊侠《ゆうきょう》の伊達《だて》者である。昔と違い江戸ではあまり見ることはないが、諸国にはまだそんな輩《やから》がいるようだ。

三九郎とお藤は、城下の町人地を南にひたすら向かう。通りは北国街道であり、そのまま犀川を渡ってゆけば、いずれ越前から京へつづく。

通りには商家が建ち並び、暖簾や幟《のぼり》が傾きはじめた日の光を浴びていた。酢醤油《すしょうゆ》問《とい》屋《や》に米屋、料理屋に旅籠《はたご》に小間物屋、呉服屋とそのにぎわいはちょっとしたものである。

　だが、音次郎は脇目もふらず歩く三九郎とお藤についていくだけだ。ようやく二人と会えたというのに、要領を得なかった。

「三九郎、歩きながら話すといったではないか。どうなっているのかそのわけを申せ」

「人の目が多すぎます。つまり、それだけ人の耳も多いってことです。この城下は甘く見ないほうがいいようです」

「甘い見方などしておらぬ」

「村垣さんは、前田家の当主の考えを探ろうとしていたのです」

　お藤が音次郎に寄り添ってきた。そのまま袖《そで》がふれあうほどの近さで並んで歩く。お藤の化粧と汗の匂《にお》いが、音次郎の鼻孔をくすぐった。

「加賀守治脩さまの考えを……そんなことをいかようにして……」

「直《じか》にでございます」

「面と向かってということか？」

「いいえ。ある寺の住職をうまく懐柔しようとしてたんです」

音次郎の発した頓狂《とんきょう》な声が大きかったのか、お藤が腕をつかんだ。そのまま離さず、わずかに力をゆるめたまま歩く。木綿地を通してお藤の掌の汗を感じ取ることができた。

「犀川を渡った先に寺町があります」

お藤はさっきより声を低めてつづけた。

「そこに妙立寺《みょうりゅうじ》という寺があります。この寺は前田家の歴代当主の祈願所になっています。また、住職は殿様の相談相手で信任が厚く、領内の政務から遊行《ゆぎょう》や人事などとあらゆることを殿様と話し合われるそうで……」

「奇特な坊主であるな」

「それだけではありません。殿様は住職の口を介して百姓町人らの正直な声も聞かれるということです」

「すると、住職は城下に耳目を凝らしているというわけか……」

「おそらく人を使っていると思われますが」

「それがかぶき者だと……」

「寺の住職を……」

「それはよくわかりません。もし住職との繋《つな》がりがあれば、村垣さんはまんまと嵌《は》められたことになります」

　前から一団の武士が歩いてきたので、お藤は口を閉ざした。

　犀川に架かる大橋が見えてきた。弧を描く太鼓橋の欄干《らんかん》が金色《こんじき》に染まっていた。

「……村垣さんは妙立寺の住職に近づいたのだな」

「うまく話を持ちかけられたようです。しかし、妙立寺にいざ入り込む寸前に、かぶき者たちに捕まったのです」

「そのときおまえたちは何をしていたのだ？」

「別の寺におりました。三人で動けば目立つので、そうしていたのです。三九郎さんが騒ぎに気づいて追いかけたのですが、間に合わなかったのです」

「しかし、おまえたちはそのかぶき者たちの居所を探しあてた。そうだな」

「あれこれ手を焼いてやっとのことで調べたんですが……」

　三九郎が汗を拭《ふ》きながら、音次郎にしぶい顔を向けた。普段は剽軽《ひょうきん》で場を和ませるのが得意な男だが、今日ばかりは落ち着かない面持ちだ。

　三人は犀川大橋を渡り左手の道に折れた。なるほど大小の寺院が目立ってきた。

「どうやって調べたのだ？」

「村垣さんは妙立寺を訪ねる前でした。だったら、妙立寺の者が何か知っているのではないかと思い、若い小僧を締めあげたんです。村垣さんのことは何も知りませんでしたが、かぶき者なら覚えがあると申します。それで、そのなかのひとりを教えてもらいまして、そやつの家に乗り込んだんです」

三九郎の話はこういうことだった――。

妙立寺の坊主から教わった男は、依田荘次郎《よだそうじろう》といった。

この男は元石切役人の孫で、士分でない軽輩の小者だった。仕事もなく、家でぶらぶらと遊んでいるうちに、よからぬかぶき者らの仲間になったのだが、嫌気がさして家に戻っていたのだ。

荘次郎の家に躍り込んだ三九郎は、荘次郎に飛びかかって首根っこを押さえつけ、仲間のかぶき者らのことを教えろと脅した。

「い、いったい、いきなりなんです」

荘次郎はおおいに狼狽《うろた》えたが、首を押さえられ、刀を突きつけられてはなんの抵抗もできない。

「おまえがかぶき者らとつるんでいたのは承知している。やつらのことを教えろ」

三九郎は迫ったが、荘次郎は短い付き合いだったので、よく知らないという。それでも彼らが強請《ゆす》りたかりをして、日銭を稼いだり、ときに旅人を襲って追い剝《は》ぎまがいのことをやっていることを吐露した。また、人に頼まれて他家や商家にいやがらせをして、その報酬を得ているともいう。

「やつらの居所を教えろ。そういう輩なら、いつもたむろしている場所があるはずだ」

「定《き》まった場所はありません。でも、先だって聞いた家があります」

「どこだ？」

荘次郎は寺町通りの外れにある経師屋《きょうじや》にいるはずだと教えた。

「すると、その経師屋に戻っているわけだな」

大まかなことを聞いた音次郎は三九郎を見た。

「そういうわけです」

石垣と寺院の長塀に挟まれた道を進んで行くと、三九郎のいう経師屋があった。小さな店だと思っていたが、間口四間ほどある立派な店構えだ。ただし、屋根は傾き、戸板は外れかかっており、壁は剝げかかっていた。人が住んでいるとは思えない。

音次郎は建て付けの悪い戸をがたぴしいわせて、店のなかに入った。がらんとしていて、人の住んでいる気配はない。板壁や雨戸の隙間《すきま》から、幾条もの光が入り込んでいて、薄闇《うすやみ》に目が慣れてくると、家のなかの様子がよくわかった。

板敷きの間に酒徳利や欠け茶碗《ちゃわん》が転がっていた。明らかに飲み食いの跡がある。さらに埃《ほこり》のたまった床に無数の足跡が残っていた。蜘蛛《くも》の巣にかかった蠅《はえ》や蝉が干からびている。

その巣を払って、家のなかを見てまわったが、村垣の姿はなかった。音次郎は、もしやここで村垣が殺《あや》められたのではと危惧《きぐ》していたのだが、それは杞憂《きゆう》だったようだ。

「佐久間さん……」

声に振り返ると、お藤が凍りついた顔を裏の勝手口に向けていた。三九郎もギョッと目を瞠《みは》っていた。音次郎はその二人が見ている勝手口に目を向けた。

暗がりに、二人の男がまるで幽霊のように立っていたのだ。そこだけ暗いので、四つの目がやけにぎらぎらと光って見えた。

「何者だ？」

音次郎が静かに問うと、

「ついてきな」

と、ひとりの男が顎《あご》をしゃくった。

第二章　かぶき者

一

現れた二人の男は、同じようななりをしていた。手綱《たづな》柄の着流しに、絽《ろ》の長羽織。銀鼠色《ぎんねずいろ》の献上《けんじょう》に反りの大きい長刀を差していた。

「どこへ行く？」

音次郎が問うと、ひとりが暗がりから出てきた。赤い唇を、舌先で舐《な》めて音次郎たちをあらためて眺めた。

「黙ってついてくるんだ」

有無をいわせぬ口調だった。それからくるっと背を向けて、裏口から出ていった。

音次郎はお藤と三九郎を見た。

「行くっきゃないでしょ」

三九郎がしかたないという顔で、肩をすくめた。

表に出ると、二人の男が立ち止まって待っていた。音次郎たちがついてくるのがわかると、また背を向けて歩きだした。

夕暮れの色が濃くなっているが、空はまだ明るい。その空に、蟬《せみ》の声がひびいている。

案内役の男二人は、肩で風を切るようにして門前町を歩きつづけた。桶屋《おけや》、紺屋、鍛冶屋《かじや》、小間物屋など種々雑多な小店が軒をつらねているが、人の往来は少ない。

やがて犀川の河原沿いの道に出ると、そのまま崖《がけ》の上に進んだ。

柿《かき》や栗《くり》の木畑が広がってきて、開けた土地があった。閑散としているが、どうやら角場《かどば》（鉄砲稽古《けいこ》所）のようだ。

角場の裏の畑道を進んでゆくと、一軒の小屋があった。蔀戸《しとみど》から流れ出る煙が栗畑に広がっていた。あたりはうす暗いが、それでもまだ日は没していない。

案内をする二人の男は、小屋の前で立ち止まった。音次郎たちも合わせたように足を止めた。そのとき、周囲の木立から数人の男たちが姿を現した。

「気をつけろ」

殺気を感じた音次郎は、お藤と三九郎を庇《かば》うように手を広げた。男たちは無言で接近してきて、腰の刀を抜いた。

「ご苦労なことだな。てめえらのようなよそ者にうろつかれちゃ、黙っておれなくてな」

口を開いたのは、茶筅髷《ちゃせんまげ》をした背の高い男だった。口髭《くちひげ》を蓄えている。錦鯉《にしきごい》を染め抜いた派手な着流しを尻端折《しりはしょ》りしていた。

「いかな用があって、ここに案内してきた？」

音次郎はいいながら鯉口《こいぐち》を切った。三九郎も刀の柄《つか》に手をやっている。お藤も懐の短刀をつかんでいた。まわりにいる男たちは全部で八人。

「村垣という男はおまえらの仲間か……」

茶筅髷が間合いを詰めながらいう。他の男たちもじりじりと、取り囲んでいる輪を狭めてきた。生ぬるい風を凍らせるような剣呑《けんのん》な空気が周囲に立ち込めている。

――こやつら、殺すつもりなのだ。

音次郎は足場を固めるように、爪先で地面を噛《か》んだ。

「村垣さんを連れ去ったのはきさまらだな」

「蠅《はえ》のような男を放っておくわけにはいかねえからな」

「村垣さんはどこだ」

「あっさり教えるわけにはいかないさ。おれは梅津助九郎《うめづすけくろう》という。死に花を咲かせる前に教えておいてやる。冥土《めいど》の土産だ」

わははは、と、助九郎は笑った。周囲の男たちも、ふふふっと追従《ついしょう》したが、剣気は募らせたままだ。

「わけもなく斬《き》られるわけにはまいらぬ」

音次郎は刀を抜き払うやいなや、先に攻撃を仕掛けた。

パッと地を蹴《け》ると、電雷の刺撃を送り込んだ。助九郎は横にかわすなり、長刀を横薙《な》ぎに振り切った。

ビュンと、刀がしなりながら刃風を立てた。三九郎もお藤もそれぞれに応戦していた。

助九郎の太刀をかわした音次郎は、左に回りこみながら、横合いから撃ちかかってきた男の脇腹《わきばら》を叩《たた》き斬った。

「うげえ……」

倒れる男にはかまわず、素早く体勢を整えて青眼に構えると、助九郎が大上段から袈裟《けさ》懸《が》けに斬りにきた。

シャッ。

鋼をする音がした。音次郎が助九郎の長刀をすりあげたのだ。そのまま鍔迫《つばぜ》り合う恰好《かっこう》になった。

「むん」

助九郎の口が引き結ばれ、あわい光を受けた顔が紅潮した。音次郎は背が高いほうだが、助九郎も変わらぬ上背があった。

「何故、こんな馬鹿なことをする」

音次郎が問えば、

「面白いからだ……。ただ、それだけのことよ」

助九郎が歯の隙間《すきま》から声を漏らした。

背後で悲鳴がした。三九郎がひとりを倒したのだった。さらに、低くくぐもった声が重なった。お藤に土手ッ腹を抉《えぐ》られた男のものだった。

「村垣さんを殺したのか……」

助九郎は答えなかった。代わりに右足を振りあげて、音次郎の股間《こかん》を蹴りにきた。

音次郎は鍔元を合わせている刀を横に倒して、蹴りをあっさりかわすと同時に、愛刀を斜め上方に振りあげた。

スパッと、助九郎の茶筅髷が切れて、宙を舞い、ぼとりと落ちた。直後、助九郎の髪がざんばらになった。その目がはっと驚き、大きく下がって、口をねじ曲げた。

「くそっ、てめえら……」

助九郎はさらに下がって悔しそうに吐き捨てると、乱れた髪をかきあげて、

「退《ひ》け、退くんだ」

と、仲間に声をかけた。

「やつはどうします？」

仲間のひとりが問うた。

「殺せ」

助九郎に命じられた男が小屋のほうへ駆けた。

村垣を殺しに行くのだと思った音次郎は、その男を追った。男は小屋の戸を引き開けると、猛然と土間奥に駆けてゆき、刀を腰だめにした。その向こうの柱に縛られて、ぐったりしている村垣の姿があった。

戸口に駆け込んだ音次郎は脇差しを引き抜いて、男の背中めがけて投げた。脇差しは一直線に飛んでゆき、いままさに村垣の胸を突こうとしていた男の背に突き刺さった。

男は背中を海老反《えびぞ》らせて、片膝《かたひざ》をつき、音次郎を振り返った。刹那《せつな》、音次郎の豪剣がうなり、男の肩から胸にかけてばっさり撃ち下ろされた。

「あうッ」

男は血潮を迸《ほとばし》らせたまま、その場にくずおれた。

「村垣さん、村垣さん……」

音次郎が声をかけて肩を揺すると、村垣のうなだれていた顔が上がった。それから朦朧《もうろう》とした目をしばたたき、

「佐久間……」

と、つぶやき、またがっくりうなだれた。

「旦那《だんな》、まさか殺されたんじゃ……」

三九郎が駆け寄ってきていった。

「気を失っているだけだ。やつらは？」

音次郎は土間に入ってきたばかりのお藤を見た。

「逃げました」

二

そこは犀川大橋の北詰に近い川南町にある泉堂《いずみどう》という店だった。道具商の傍《かたわ》ら合薬《ごうやく》を商っている。金沢入りした村垣が話をつけて、世話になっている仮宿だ。主は喜《き》左衛門《ざえもん》という男で、町内の肝煎役《きもいりやく》だった。

音次郎たちは散々痛めつけられた村垣を、その家の座敷に運び入れていた。すでに夜の帳《とばり》は濃さを増し、かすかに虫の声が聞こえていた。

村垣は執拗《しつよう》な拷問をかけられたようだが、ひどい怪我はしていなかった。ただ、食い物や水を与えられていなかったらしく、憔悴《しょうすい》していた。水を飲ませ、粥《かゆ》を食べさせると、そのまま休ませることにした。

「話を聞くのはあとにしよう」

音次郎は神妙な顔をしているお藤と三九郎を見た。

「わたしもそのほうがよいと思います」

心配そうな顔でいった喜左衛門が、居間に食事の用意ができていると付け足した。

音次郎たちは居間に移って、喜左衛門の女房お定《さだ》が調《ととの》えた食事にかかった。

香の物に干魚の焼き物、それにみそ汁といった簡素なものだったが、それで十分だった。

犀川から吹き込んでくる川風が涼を醸している。朝顔の蔓《つる》の這《は》う枝に風鈴が吊《つる》してあり、さっきから気持ちよさそうに鳴りつづけていた。

三人は黙したまま食事をつづけた。この店は、村垣が江戸を発つ前に前田家の家臣のはからいがあって、世話になっている店だった。当然、本来の目的は明かしていない。ただ単に喜左衛門には旅の途中だといってある。

「それにしても、なぜあのようなことに……」

そばにちんまり座っている喜左衛門が、寝息を立てている村垣を見て訊《たず》ねる。

「追《お》い剝《は》ぎにからまれたらしいのです」

お藤が箸《はし》を置いていった。

「追い剝ぎに……」

「金を出せと脅されたらしいのですが、村垣さんは相手が満足するほどのお金を持っておりませんでした。相手はその腹いせに、痛めつけたようです」

「ひどいことをする者がいる。明日にでも町方に知らせておきましょう。放っておけば、また他の旅の人が迷惑を蒙《こうむ》るかもしれません」

「それには及びません」

遮っていったお藤は、音次郎を見てから言葉を足した。

「先ほど、佐久間さんが相手としっかり話をして、懲《こ》らしめましたから……」

「うむ、もう二度と馬鹿なことはしないと、必死に詫《わ》びてくれた。これ以上、ことを大きくすることもなかろう」

町方に知らされたら面倒である。うまく取り繕っておくしかなかった。

「それならよいのでございますが、このごろは悪さをする妙な者が増えていけません。それも前田家の台所が苦しいからでしょう。うちの店にもそのしわ寄せがありまして、商売上がったりです」

この界隈《かいわい》の店は前田家家臣を顧客にしているらしく、御用商人が多いという。喜左衛門はうちばかりでなく、隣近所の店も景気が悪いとぼやいた。

「このご時世、景気のよいところはあまり見受けないものだ」

音次郎は茶をすすって応じた。

「江戸もやはりいけませんか」

「羽振りのよい店は少ない。天下の台所も苦しいのだろう」

「ははあ、どこも同じなんでございますねえ」

喜左衛門はそういってから、出立《しゅったつ》はいつにするのかと訊ねた。

「明日にでも発つことにします」

三九郎が答えた。

「明日……村垣さまは大丈夫でございましょうか……」

「様子は見るが、一晩休めば元気になられるはずだ。もともと丈夫な人だからな」

三九郎はそういって、食った食ったと腹をたたいた。


喜左衛門の店には、奉公人がいなかった。跡取りの息子がひとりいるが、これは京で修業しているらしい。そのために、店はひっそりとしている。女房のお定も物静かな女で、必要なこと以外はしゃべらなかった。

ただし、喜左衛門は町内の肝煎役だから、昼間は何かと世話事が多いらしく、出たり入ったりだという。道具商だから、店はお定にまかせておいても問題はないらしい。

ただし、合薬作りは喜左衛門のひとり仕事で、いまも帳場横の作業部屋から生薬を押し砕く薬研《やげん》の音が聞こえていた。

音次郎たちは奥の間をあてがわれていた。お藤は二階の小部屋を使っているが、まだ寝るには早いと、音次郎のそばで酌をしていた。三九郎もさっきからちびちびと酒を舐めるように飲んでいる。

「喜左衛門は肝煎らしいが、おれたちのことは漏れないのだろうな」

低声《こごえ》でいう音次郎はそのことが気になっていた。

「それはご心配なく。村垣さんがうまく話をまとめているようですから」

三九郎が煙管《きせる》の灰を落として答えた。

「うまくいい含めているとは思うが、ここは城下だ。それに、前田家の家臣のはからいだというではないか……」

「村垣さんが話をつけたのは、江戸定府の者です。目こぼしをした男なので、村垣さんには盾突《たてつ》けないらしいのです」

「目こぼしとは……」

「他人の財布を盗んだのを村垣さんに押さえられたんですよ。表沙汰《おもてざた》になれば、その男は改易《かいえき》でしょう。だから、村垣さんを裏切ったら、その男だけでなく親兄弟がおまんまの食い上げになっちまうという寸法です」

弱味を握って取り入っているというわけである。

「しかし、喜左衛門は疑ってはいないだろうか……」

音次郎は薬研の音のする作業場のほうへ目を向けた。

「わたしたちのことは、何も知りませんから、心配には及びません」

お藤もそういうので、音次郎もそれ以上のことはいわないことにした。

盃を宙に浮かせたまま表を見ると、縁側の先で蛍《ほたる》が舞っていた。どこからともなく蛙《かえる》の声が聞こえてきた。

「静かなところであるな。とても城下とは思えぬ」

音次郎はそういって盃に口をつけた。蚊遣《かや》りの煙が鼻先を流れていった。

「村垣さんはひどい目にあったが、おまえたちに会えてよかった」

「わたしたちも佐久間さんのことを気にかけていたのです」

お藤が潤んだような瞳を向けてきた。会ったときから、お藤のその眼差しが気になっていたが、悪い気はしなかった。内心、音次郎もお藤に会えることを楽しみにしていたのだ。

「だけど、助九郎とかいう半端野郎らはもうちょっかい出してこないでしょうね。あっしらはやつの仲間を斬っていますからね」

三九郎がささやき声でいった。

「城下にいれば、いつどこで会うともかぎらぬ。気をつけるしかなかろう」

「ただのかぶき者ならどうってことないでしょうが、そうでなきゃちと厄介かもしれません。そうはいっても、気をつけるしかありませんが……」

そういって、三九郎が折敷《おしき》に盃を置いたとき、村垣が目を覚ました。

「おい、いま何刻だ？」

三

「宵五つ（午後八時）過ぎですが、お体は……」

半身を起こした村垣の枕許《まくらもと》に、三九郎がいざり寄った。

「心配はいらぬ。それより、さっきはすまなんだ」

村垣は膝を揃《そろ》えて座りなおすと、三人に頭を下げた。

「大した怪我もなくてよかったです」

「まことに面目ない。だが、すっかりこのとおりだ」

村垣はもう大丈夫だといわんばかりに、片手で自分の胸をたたいて、音次郎のそばにやってきた。足取りにも不安は感じられなかった。

水分を摂り、粥を食べ、熟睡したことで体力が回復したようだ。

「お藤、襖《ふすま》を閉めてくれ」

いわれたお藤が居間と隣の寝間を仕切る襖を閉めた。

行灯《あんどん》がひとつ点されているだけで、部屋のなかはうす暗い。四人の影法師が、閉められた襖に映り込んだ。

「おれを攫《さら》ったやつらだが、妙立寺には関係ないようだ」

村垣は作業場から聞こえてくる薬研の音に、耳をすませてからいった。

「それじゃどういうわけで……」

お藤が団扇《うちわ》の風を村垣に送りながら聞いた。

「やつらは見慣れないおれたちが、寺町をうろついているのが気に食わなかったようだ。連中の頭《かしら》らしい助九郎にいわせると、世の中面白おかしく生きるのが唯一の楽しみらしい。それゆえに、気に食わぬことは目の前からことごとく消えなければならぬそうだ。まったくもって勝手なことをぬかしおる」

「わたしも同じようなことを聞きました。ですが、なぜわたしたちを呼び出したりしたんです」

音次郎は村垣を見つめた。

「あいつらはお藤と三九郎のことも知っていた。やつらは三人とも血祭にあげたかったようだ。そこへ、佐久間も加わっていたというわけだ。さんざん、おれたちの目的を聞かれたが、江戸から旅に来ているだけだとしかいっていない。妙立寺についても聞かれたが、同じ宗派だから参拝に行っただけだと答えた。すると奴さんら、顔を見合わせて、そういうことだったかと妙に納得しやがる」

「しかし、殺されなくてさいわいでした」

「それをいうな。おれも、向こうの出方次第では、腹をくくらなければならないと思ったほどだ」

村垣は苦虫を嚙みつぶしたような顔で首を振って、つづけた。

「とにかくやつらは前田家とも繫《つな》がりはなさそうだ。このまま放っておいていいだろう。何かあったら、今度はしくじりはせぬ。それより、佐久間が来たので前田家のことをざっと話しておこう」

「その前に、此度《こたび》の目的を教えてもらえませぬか」

音次郎が遮った。

「うむ。よかろう。上様は御年二十歳であられるが、加賀前田家には殊の外、目を光らせておられる。これは老中・松平越中守《まつだいらえっちゅうのかみ》（定信《さだのぶ》）さまの含みがあるからにほかならない。何より前田家は百二万五千石の大国であるばかりか、越中富山と大聖寺《だいしょうじ》に支藩がある。当然前田家の息がかりだ。この三国にくわえ、上野七日市《こうずけなのかいち》にも一万石の所領がある。これらを合わせると、約百二十万石になる。御三家と変わらぬ富める国だ。若き上様が気になさるのはもっともなことであろう。かといって、前田家に謀反の意図はこれまで感じられなかった。ところが、この春、前田家当主・治脩《はるなが》侯の帰郷に合わせて、明倫堂と経武館という学校が開かれることになった。無論、この件は上様も聞き及んでおられたが、治脩侯が家督を相続されたのは、いわば棚から牡丹餅《ぼたもち》のようなものだった」

「それはどういうことで……」

「治脩侯は前田家六代目当主・吉徳《よしのり》殿の十男である。当然、家督相続のできるような生まれではない。そのために出家して僧になっておられた方だ。それがどういうことか、父吉徳殿の跡を継いだ上の兄弟らがつぎつぎと早死にしてしまった。さらには九代目を継いでいた兄重教《しげみち》殿が隠居を宣された。そのために、治脩殿が呼び戻され還俗《げんぞく》ののちに家督を相続したという次第だ」

「そんなことがあったのですか……」

「人の運命などわからぬものだ。ともかく、そのようなことで治脩侯の代になっているわけだが、前田家は台所事情が苦しいにもかかわらず、二つの学校を創設している。治脩侯はいってみれば運気の強い方のようだ。人はときに運に乗じてことを為すことが多々あると申す。まさに、治脩侯がそうではないかと、上様と御老中が眉《まゆ》をひそめられるわけだ。万にひとつもあってはならぬが、謀反の意図を見過ごしたばかりに、あとで大火傷を負っては目もあてられぬ。よって、明倫堂と経武館なる藩校の真の狙《ねら》いを探ることになる。表向きのことはわかっておるが、その裏に隠されたものを知りたいというわけだ」

「……わかりました」

「うむ。それでお藤、昨夜はどうした？　うまくいったか？」

村垣はお藤を見た。

何の話だという顔をする音次郎に、

「昨夜、この近くの大きな料理屋で前田家重臣らの宴席があったんです。江戸表から帰ってきた重臣らをねぎらう宴です。そこにお藤がもぐり込んで探りを入れてるんです」

と、三九郎が声をひそめて早口で説明した。

「申せ」

村垣がお藤にうながした。

「結論から申せば、疑わしいことは何もありませんでした」

「それはそのような話を聞けなかったということであるか……」

「わたしが酌の相手をしたのは、横山山城守という年寄でした。まだ若い人ですが、相当の家格です。同席の留守居役《るすいやく》や加賀八家《かがはっか》の主だった面々とも話をされましたが、幕府に対する不満より、これからいかに前田家を再興するかという話が多かったように思われます。名前はわかりませんが、他の重役らも幕府への関心より、むしろ領内のことに心を砕いているようでした」

「加賀八家の者たちも人持組の者たちもその宴には……」

「前田家の主だった人間ばかりだったはずです。金沢城代に小松城代、さらに公儀御用人などの顔もありました」

「うむ。そうであったか……」

村垣はそばにあった扇子《せんす》をつかんであおいだ。

「村垣さん、加賀八家と人持とは何のことです？」

音次郎が訊ねた。

「お藤と三九郎はすでにわかっておるが、おぬしも知っておくべきだな。この国は当主の下に年寄格に相当する八家なるものがある。つまり八つの家の当主が前田家を支えているということだ。それは、本多《ほんだ》、長《ちょう》、横山《よこやま》、前田土佐守《とさのかみ》、前田対馬守《つしまのかみ》、村井《むらい》、これに奥村《おくむら》家とその支流筋の奥村家、合わせて八つ。これを加賀八家と呼んでいるが、いずれも一万石以上の家柄だ。城代を務めるのも八家の者である。この八家の下に、人持と呼ばれる上士身分がある。こちらは六十八家あり、七組に分けられている。家老や若年寄はこの人持から選任されるという」

「まるで幕府を小さくしたようなものですね」

　音次郎は感心顔でつぶやいた。

「いかにもそういうことだ。しかも、城下には十万を下らぬ人が住んでいる。小事を見過ごして大事にいたってはことであるから、上様からのお指図があったという次第だ」

「大任でございまするな」

　音次郎は使命の重さを感じながらつぶやいた。

「いかにも大任である。その前に、あのようなかぶき者に……ええい、いまになって忌々《いまいま》しくなってきたわい」

　言葉どおり村垣は、いかにも歯痒《はがゆ》そうに顔をゆがめ、手にしていた扇子《せんす》をぼきっと折ってしまった。

「それで此度のわたしの役目とは……」

音次郎は静かな眼差しを村垣に送った。

「おれの役目はいまさら申すまでもないが、上様の家臣である諸国の大名の動きをつかむことだ。目で見て耳で聞いたことを、上様にありていに申しあげることである。だが、おまえを供に連れているのは、その助働《すけばたら》きだけはない。おれの調べで、その諸国に謀反の計略があれば、その芽を摘《つ》むことにある」

音次郎は手にしていた盃を盆に戻した。

「また何事もなければ、おまえはそのまま白須賀に戻ればよい。つまり、おれの調べがすむまでは勝手な動きはならぬ。わかるな」

音次郎は黙ってうなずいた。

「此度の調べで、前田家に謀反の意図がないとわかれば、おれはそのまま江戸に戻る。だが、加賀前田家が上様に忠実な家臣であるとわかれば、上様はその前田家を守るのも務め。そうであるな」

「そうでありましょう」

「ならば、上様の家臣の城下を乱す者を許してはならぬということでもある。もし、この城下に不逞《ふてい》の輩《やから》がいるとなれば、放ってはおけぬ。おまえはその始末をしなければならない。あとはおれがとやかく指図するまでもない。おまえのやり方にまかせる」

音次郎は村垣のいうことがよくわかった。また、自分にはもうひとつ使命があると思った。それは上様の使いであるお庭番を危険にさらすことなく、この城下から江戸に戻すことであると。

ようやく、心の底でもやもやとくすぶっていたものが晴れた。

「礼を申します」

音次郎は軽く頭を下げた。

「……何故」

「わたしの役目がいまやっとはっきりしたからです」

「最初にいっておくべきだったが、とうに察していると思っていた。しかし、それはおれの落ち度だ。許せ」

今度は村垣が頭を下げた。

二人の間にあった、目に見えぬ溝がそれで埋まった。

「それで、どのように進めてゆきます。村垣さんは何やら妙立寺に探りを入れておられるようですが……」

「妙立寺は肝要《かんよう》である。住職をうまく口説き落とさなければならぬ。それで、明日おれと三九郎で妙立寺を訪ねる。佐久間とお藤には宮腰《みやのこし》に行ってもらう」

「宮腰……それは？」

「城下から一里と少し行った大きな港町だ。前田家は海運が盛んである。領内に目立つ動きがあるとすれば、港になんらかの疑わしい動きがあって当然。目を光らせてこい」

「探索が終わったらどこで落ち合います？」

「浅野川大橋の手前に飛騨《ひだ》屋という旅人宿がある。橋場町という町人地だ。その旅籠《はたご》で会おう。おれと三九郎は明日にも、その旅籠に入っておく」

薬研の音が消えた。みんなは互いの顔を見合わせた。

「……そういうことだ」

言葉を重ねた村垣に、音次郎たちは静かにうなずいた。

四

浅香新五郎と時田半兵衛の旅装束は、埃《ほこり》と汗にまみれていた。江戸を発ってちょうど十三日めであった。

江戸からの経路は、新五郎が参勤で江戸表に向かった道を逆行する形である。順に、江戸・武蔵《むさし》・上野《こうずけ》・信濃《しなの》・越後・越中、そして金沢入りである。前田家の参勤交代路も、これと同じ北国下街道を使うことが多い。福井まわりの東海道や中山道は滅多に使うことがなかった。

いま二人は倶利伽羅《くりから》峠《とうげ》の下り道に入ったところで、一休みしていた。周囲は緑濃い木々で覆われた山に囲まれている。前田家が整備をしている道がなければ、迷いそうなところだ。夏場は暑いのを抜きにすればさほど難所ではないが、冬場は雪と吹きすさぶ寒風に耐えながらの峠越えとなる。

その昔、木曾《きそ》義仲《よしなか》が平家を破った古戦場の近くでもある。

周囲に沸き立っている蟬の声が、入道雲の浮かぶ空に広がっている。どこを歩いても蟬の声には付き合わされているので、その喧噪《けんそう》はまったく気にならなかった。

前の宿場で作ってもらったにぎり飯を腹に収めた新五郎は、山と山の切れ間の彼方にかすかに見える海に視線を投げた。空と海がぼんやりと溶け合っている。

指についた飯粒をなめながら、未練たらしく小千代のことを思い出した。金儲《かねもう》けしか頭にない、助平爺《じじい》とよくもくっつきやがってと憎たらしくもなる。

――それにしても、おれは女運がない。

と、胸中でつぶやく。

郷里金沢に妻はあるが、可愛げのない女である。何かと口答えをするので、再三腕を振りあげなければならないが、そのたびに妻は実家に帰る。役目柄放って置くわけにもいかず、頭を下げて連れ戻すこともたびたびだ。それも新五郎が養子だからであった。

妻の実家には頭が上がらない。そのことが悔しくもあるが、どうすることもできなかった。平士身分の役格が得られたのも、妻の実家の影響力があればこそだった。

それでも新五郎は、物頭《ものがしら》といういまの身分は、自分の力でつかんだのだと、胸の内にいい聞かせていた。

「さあ、そろそろまいりましょうか……」

半兵衛が立ちあがって声をかけた。

「そうするか」

新五郎も腰をあげて、振り分け荷物を肩にかけた。

「浅香さん、いったいどうしたのです？　この峠を越せば、もう金沢は目と鼻の先ではありませんか」

「……わかっておる」

新五郎は力なく応じる。

江戸を発って、ずっとその調子だった。半兵衛は気を使っているのか、余計なことはいわなかったが、北陸道の難所である親不知《おやしらず》を抜けたあたりから、小千代のことはしかたない、あきらめるしかないと慰めをいう。

国許には結《ゆい》さまという美人がお待ちなのだから、江戸より金沢のほうが水が合う、家来もさぞや首を長くして待っているでしょう……などなどである。

新五郎は黙って聞き流していた。妻も家来も自分を待っているとは思えない。妻は自分を嫌っている。数少ない家来にしても、どことなく見下した目で見る者が多い。指図をすればしぶしぶ動くという按配《あんばい》だ。江戸のほうがよほど気楽だった。

半兵衛はそんなことは何も知らない。だから、勝手なことを口走るのだ。

峠の坂道は何度も折れ曲がっていた。下っていくうちに、麓《ふもと》にある里村が見えるようになった。藁葺《わらぶ》きの粗末な家ばかりだ。畑で野良仕事をしている百姓の姿もある。

崖下を流れる川の音が高くなってきた。濃い緑のなかを吹き渡る風と、崖下から吹きあげてくる川風が、汗まみれの体に気持ちよかった。

「津幡《つばた》で休みましょう」

半兵衛がいうのは、つぎの宿だった。津幡は能登往来と金沢往来の分岐点だ。

新五郎は金沢でなく、能登に行ってしまえばどうなるだろうかと、気紛れなことを考えた。正直なところ、役目は面倒である。妻の結に会いたいともさして思わない。子供でもいれば別だが、結は身籠《みご》もる気配がなかった。

「おい、半兵衛。おまえはどうしてそんなに気楽な顔をしていられるのだ」

隣を歩いていた半兵衛が、顔を振り向けた。

「そうでもありませんよ。これでもあれやこれやと悩み事は多《おお》ございます」

「どんなことだ？」

「そりゃ、まあ……。なかなか出世がかなわないことでしょうか。せめて平士並にでもなれればよいのですが……」

「そんなことか……」

半兵衛は御目見得《おめみえ》以下の与力という身分だった。新五郎は平士であるから、御目見得である。この違いは大きかった。

「浅香さんは立派な家格をお持ちだから、そんなことかと申されるのです」

半兵衛は口を尖《とが》らせてつづける。

「このままでは所帯も持てません。自分だけの生計を立てるのが精いっぱいなのですからね。……どこかによい養子の口でもあればよいのですが」

「養子なんてやめておけ。おれがいいお手本だ。ろくなことはない」

「おや、それは意外な。結さまといっしょになられたから、いまの浅香さんがあるのではありませんか……」

新五郎は半兵衛をにらんだ。とたんに、半兵衛は自分の失言に気づき、亀のように首をすくめた。

「たしかに浅香家の養子になって、おれは平士並になれた。それは認めようではないか。だが、物頭になったのは、結の家の力を頼ったのではない」

「まことに……」

半兵衛は目をぱちくりさせた。新五郎はやはり黙っていようかと逡巡《しゅんじゅん》した。結は浅香利兵衛《りへえ》の三女だった。利兵衛には娘しかおらず、しかも長女は夭折《ようせつ》したので、結と姉の玉《たま》だけである。玉は良家に嫁ぎ幸せになっているが、結は御目見得以下の与力だった新五郎といっしょになった。それも、結は出戻りであるから、二度目の結婚だった。

初婚が失敗したのは、結の気性の強さだと新五郎は勝手に思っている。つまり、出来損ないの娘を押しつけられたのだと。しかし、そのことで新五郎が与力から御目見得以上の平士並になれたのは事実である。

結の父利兵衛は、六十八家ある上士身分の人持組篠原監物《しのはらけんもつ》家の有能な家臣だった。利兵衛が篠原監物に口を利いてくれたことで、新五郎は平士並に出世できたのだった。たしかに半兵衛のいうことは正しい。

「どういうことで物頭に……」

新五郎が躊躇《ためら》っていると、半兵衛が問いを重ねた。

「おれは平士並になって横目《よこめ》になったのだ。そのはたらきが大きかったからだ。直截《ちょくせつ》にいえばそういうことだ」

横目とは、家臣の監察をする目付のことである。

「そのはたらきとは……」

「みなまでいわせるか……。ま、よかろう。おれの調べで、山崎庄兵衛《やまざきしょうべえ》殿と不破彦蔵《ふわひこぞう》殿が減封となり奥村河内守《かわちのかみ》が出世を果たされた。河内守はそれまで五千石を減じられていたが、禄高《ろくだか》を元に復された」

「そんなことがあったのでございますか……」

「おれにいわせれば、幕府も加賀前田家も似たり寄ったりだ。誰もが足の引っ張り合いをして、自分の身の安泰ばかりを考えている。そのために、蹴落とされる者が出るというわけだ。横目とはいやな役目であった。だが、その役目を務めたことで、おれは物頭になれたのだ」

「そうとは知らず、無礼を申しました。しかし、奥村河内守さまは、学校惣奉行《そうぶぎょう》になっておられます。明倫堂と経武館も、河内守さまの腕にかかっているとか……」

二人がいう河内守は、奥村家（宗家）十代目当主尚寛《ながのぶ》のことである。

やがて、二人は津幡宿に入った。ここから金沢城下までは三里ほどである。おそらく夕刻には城下に着けるだろう。

半兵衛が妙なことをいったのは、一息入れるために入った茶店でのことだった。

「浅香さん、此度の役目は心得ていらっしゃるでしょうが、少々お話をしておかなければならないことがあります」

「なんだ」

新五郎は脇の下や毛の生えている胸の汗を拭《ふ》きながら半兵衛を見た。

「城下に入ったら、ひとまずご自宅にお戻りいただきますが、なるべく人目につかないようにしてください。それから、わたしが戻りますまで家から出ないでくださいますか」

「……家にこもっておれと申すか」

「いかにもさようです。相手は公儀役人。その役人を見つけ、ともすれば斬ることになります。これは内密の役目ゆえ、他の家臣の皆さまにもできるかぎり顔を見せてはならないということです。浅香さんはいまも江戸表にいることになっています」

「それは、御用人からの指図であるか……」

「いかにも……。これからのことは浅香さんにおまかせいたしますが、人の目に触れないようにしていただきたいのです。その旨、奥さまにもお含みおきをお願いします」

「……ふむ、面倒なことだ」

「よって、帰郷の知らせその他は一切不要でございます。何か用命があれば、わたしが伝えることになっておりますので……」

「するとおまえもおれといっしょに動くということか」

「いえ、わたしはかかる用があるときにだけ連絡をする役目です」

半兵衛はそういって麦湯に口をつけた。

「しかし、どうやって御用人は公儀お庭番の動きを知ったのだ。おれにはそれがよくわからぬ」

「それはわたしにもよくわからないことです。しかし、幕府と諸国の大名は腹の探りあいをしているのではありませんか。隠そうとしても、秘密はどこかで漏れるのでしよう。そう考えるしかありません」

「そういうことであろう。いずれにせよ、おれひとりだけの大役というわけだ」

新五郎は表情を引き締めた。こうなったからには、ひとつ手柄を立ててやろうと心を奮い立たせた。

五

音次郎とお藤は、宮腰港に昼前に着くと、その足で港界隈を見てまわった。城下から宮腰まではほぼ直線といっていいだろう。幅二間《けん》ほどの道は、よく整備されており、整然とした町並みがあった。

たかが田舎の港町だろうと思っていたが、実際に来てみるとそうではなかった。犀川の河口に作られた港近くには、町奉行所が置かれているし、城下とをつなぐ宮腰道あるいは宮腰往来と呼ばれる道には、人馬が引きも切らない。いずれも、港で積み下ろしをする荷を運ぶものであった。

さらに港にある船の数にも目を瞠《みは》った。千石船——なかには千四百石船もある——をはじめとした船は、ざっと数えただけで十四艘《そう》あった。漁師舟を含めた他の小舟を合わせると、百艘は下らない。

「驚いたな」

音次郎は正直な気持ちを声に漏らした。

「わたしももっと小さな港かと思っておりました」

お藤も港のにぎわいに驚いている様子だ。

二人は海沿いにある松林のなかを抜けて、宮腰の町中に戻っていた。

この辺一帯は開けた平野部で、広がる田には水がいっぱいに張られている。その水田に空に高く聳《そび》える雲が映っていた。

燕《つばめ》が田の上を飛び交い、蛙たちが鳴き声をあげている。

日は傾きつつあった。

「いかがする？」

音次郎は隣を歩くお藤を見て訊ねた。

「城下に戻れば、また明日来ることになります。近くに旅籠があればよいのですが……」

お藤は田の先にある町屋の屋根を眺めた。

「行って聞いてみようではないか。これだけの港だ。旅籠の一軒ぐらいあるはずだ」

二人は夫婦を装っていた。そのほうが自然であるし、不審がられることもない。現に立ち寄った茶店の者たちも、夫婦だという二人を疑いもしなかった。

町屋に入った二人の脇を、ガラガラと大きな大八車が音を立てて追い越していった。そのすぐあとからも、大八車を引いた馬がやってきた。いずれも城下に向かっている。

宮腰港は海の玄関口といってよいだろう。物資は宮腰道を使って城下に運ばれている。いつもこうなのか、それとも特別なのか、二人には判断できないことだった。

町は本町という筋を中心に栄えていた。通りには材木屋、酢醬油屋《すしょうゆや》、小間物屋、古着屋、質屋、煮売り屋などという商家がつらなっている。

能登産の塩を貯蔵する塩蔵をはじめ、米蔵や材木蔵も少なくない。

「やいやい、つべこべいうんじゃねえぜ。おれがどこで何を食おうが勝手じゃねえか！」

怒声とともにひとりの男が、一軒の店から飛びだしてきた。

「てめえは臭いんだ。こんな店に入っちゃならねえ！」

今度は鳶口《とびくち》を持った男が出てきた。酒が入っているのか、目が真っ赤である。

「よそ者に馬鹿にされてたまるかってんだ。宮腰の馬借《ばしゃく》を馬鹿にしやがると、ただじゃおかねえ」

先に飛びだしてきた男も威勢がいい。鳶口を持っている相手にも怯《ひる》む様子がない。馬借とは、馬を使った運搬業者のことだ。

両者の仲間が集まってきて、何やら騒ぎが大きくなった。馬借らは腕まくりをして、鳶口を持っている男をにらみつけた。

そこへ、「どけ、どけ、どきやがれ！」と、声を張って人垣を分けてきた男が三人現れた。捻《ねじ》り鉢巻きに腹掛けに股引《ももひき》というなりだが、腹掛けに染め抜かれている字から、材木運搬船の水夫《かこ》のようだ。

「仲間ひとりによってたかって大勢でなんの騒ぎだ。おれは羽州《うしゅう》秋田から来た天王丸の清蔵《せいぞう》という、話はおれが聞いてやろう」

清蔵と名乗った男は、いきりたっている馬借をにらみつけた。

「天王丸だか清蔵だか知らねえが、臭いといわれちゃ身も蓋《ふた》もねえ。こっちはこの暑い盛りに汗してはたらいているんだ。それを飯を食おうとした矢先に、その野郎が臭いといいやがったんだ！」

先に転がり出てきた馬借は、口角泡を飛ばして喚《わめ》いた。

「ふざけた口を利くんじゃねえ」

「ふざけたことをいうのはてめらじゃねえか」

馬借はそういうなり、目の前にいた水夫に体当たりをして、鳶口を奪い取ろうとした。それをきっかけに、馬借と水夫らが入り混じっての大喧嘩《おおげんか》となった。

やめてくれ、やめてくれと、あたふたしながら騒ぎを収めようとしている若い男がいたが、誰も聞きはしない。

「佐久間さん……」

お藤が何とかしたほうがいいのではないかという顔を向けてきた。音次郎としても黙って見ているわけにいかず、

「やめろ、やめぬかッ」

と、仲裁に入った。

鳶口でかかってきた者がいたので、腕をつかみ取って投げ飛ばした。取っ組み合っている二人組を分けて、両者を突き飛ばし、血相変えてつかみかかってきた男の脇の下に腕を入れ、そのまま腰に乗せて地面にたたきつけた。

それはあっという間のことで、音次郎のまわりには腰を押さえて痛がっている者や、投げ飛ばされてのびている者がいた。

「お互い、この港の世話になっている者たちであろう。些細《ささい》なことで啀《いが》み合って、港に迷惑をかければ、仕事がしづらくなるのではないか。見ろ、町の者たちも傍迷惑《はためいわく》な

顔をしているではないか……」

「どこの誰か知らねえが、他人の喧嘩に口出しするんじゃねえよ」

清蔵が立ちあがりながら虚勢を張った。

「余計な口出し、悪かった。だが、これ以上やるというなら、これがものをいう」

音次郎はそういい放つやいなや、腰の刀をさっと引き抜き、上下左右に鮮やかに振りまわし、ぴたっと切っ先を清蔵の喉元《のどもと》につけた。

一瞬にして清蔵の顔がこわばった。

「……騒ぎは終わりだ」

音次郎が静かにいうと、清蔵はゆっくり後ろに下がった。馬借らも無言でその成り行きを見ていたが、やがて両者は何事もなかったように、それぞれの方角に去っていった。

野次馬のなかからホッとしたため息が漏れたり、せっかくの見物を楽しみにしていたらしい者が、もう終わりかよといって散っていった。

「どなたか存じあげませんが、助かりました」

音次郎にそういって頭を下げてきた者がいた。

「そなたは……」

「へえ、わたしはこの先の町で組合頭をしております銭屋五兵衛《ぜにやごへえ》と申します。失礼ですが、旅のお方とお見受けしますが、どちらから見えられたんでございましょう」

「江戸だ。旅の途中でこの港に偶然立ち寄っただけだ」

「江戸の方でございますか。もしご迷惑でなかったら、話を聞かせてもらえませんでしょうか」

音次郎はお藤を振り返った。かまわないのではないかと、お藤は目顔で応じた。

「ちょうど一休みしようと思っていたところだ」

「それじゃ、涼しいところにご案内いたしましょう」

五兵衛は腰を低くして、音次郎とお藤をうながした。

六

「くそ、見ろ。この頭を……」

梅津助九郎は剃《そ》ったばかりの頭を鏡で見て、仲間を振り返った。いきおい、ぷっと仲間のひとりが噴き出した。

「てめえ、笑うんじゃねえッ！」

助九郎は鏡を仲間に投げつけた。避けられたので、鏡は背後の松の木にぶつかり、地面に転げ落ちた。真鍮《しんちゅう》製だから鏡は割れはしない。

「笑ってる場合じゃねえんだ。仲間を斬られたことを忘れるんじゃねえ」

助九郎はそうはいうが、腹のなかでは自慢の茶筅髷を撥《は》ね切られたことのほうが、よほど癪《しゃく》に障《さわ》っていた。

「それで、どうするんで……」

聞くのは三白眼の仙助《せんすけ》だった。

助九郎は剃った頭をつるっとなでて、仲間を眺めた。斬られたのは四人。残っているのは自分を含めて四人である。

「聞くまでもねえだろう。やつらを捜しだして仕返しをするんだ。このまま黙って引っ込んでいられるか」

吐き捨てた助九郎は、崖の上に立って城下を眺めた。

眼下に浅野川が流れている。その先に城下の町屋が広がり、城が見える。黒い甍《いらか》が傾く日の光につつまれていた。

助九郎たちがいるのは、茶屋町の高台にある宝泉寺の境内だった。城下が一望できる、ちょっとした名所である。

そばに五本の松があり、太い幹に張りついた蟬がうるさく鳴き騒いでいる。

助九郎はぎらつく目を城下に向けた。いまに村垣とその仲間を見つけ出してやるという強い意志があった。

「やつらは旅の者だったんですぜ、もう城下にはいないかもしれませんぜ」

丸い狸顔《たぬきがお》の弁太郎《べんたろう》だった。

「決めつけるんじゃねえ」

助九郎がさっと腰の長刀を引き抜くと、弁太郎は顔をこわばらせて後ろ手をついた。

「このままやつらのことを忘れて、あとでまだやつらが城下にいたとわかったら、悔やんでも悔やみ切れねえだろう」

「そりゃ、まあ……」

「いいか、おれは村垣なんかどうでもいい。おれのこの髷を……くそ、いまはねえが」

助九郎は自分の頭に手をやって悔しがり、言葉を継いだ。

「おれの髷を切ったやつは、仲間を斬ってもいやがる」

「いっしょにいたお藤という女と、三九郎という野郎にもやられてますよ」

「そうだ。あの野郎を斬り、三九郎という野郎を切り刻むんだ。女はおれたちで、たっぷり味わって売り飛ばしゃいい。刃向かうようだったら、肉を楽しんだあとで、その肉を切って食らってやる。わははは」

助九郎は大声を崖の下にまき散らした。

「ですが、どうやって捜します」

仙助が口を挟んだ。

「やつらは旅をしている途中だ。城下にいるなら旅籠だろう」

「それじゃ旅籠を……」

「ああ、虱潰《しらみつぶ》しにあたって捜すんだ」

「助九郎さん、捜すのはいいんですが、おれたちゃ金がねえんですよ。どうします」

それは頭の痛いことだった。村垣は身なりがよかったので、十分な金を持っていると思ったが、あてが外れていた。財布のなかにはたかだか知れた金しか入っていなかった。

助九郎は西の空を見た。あと一刻もせず、日が暮れるだろう。だが、金を作るにはそれから半刻はかかる。茶屋町には懐に金をたっぷり入れた男たちが、女を買いに来る。鴨《かも》はそのすけべな男たちだ。

「とりあえず、山を下りよう。それから旅籠をあたってゆく。八幡町には小さな旅人宿がある。やつらはしけた旅人かもしれねえから、ひょっとすると安宿を選んでいるかもしれねえ」

「金はどうやって作ります」

仙助の言葉に、助九郎は苛《いら》ついて振り返った。眉尻を吊り上げると、そばに行って仙助の襟《えり》をつかんで引き寄せた。

「金、金、金……二言目には金だ金だといいやがって！　たまにはてめえの頭で考えて作ってみろってんだ。何でもかんでもおれに頼るんじゃねえ！　おれがいなけりゃ、てめえは金を作れねえのか！」

がなり立てて、仙助を突き飛ばした。

「金も大事だが、殺された仲間の敵《かたき》を取るのも大事だ。そうしなきゃ、やつらが浮かばれねえ。……金なんか、その気になりゃどうにでもなるんだ」

「申しわけありませんで……」

謝った仙助に、助九郎はため息をついた。

「とにかくやつらを捜すのが先だ。ついて来な」

助九郎は境内を抜けると、急な坂道を飛ぶように駆け下りていった。途中に神社が二つあり、そこを過ぎると小さな町がある。女郎街だ。普段なら冷やかして歩くところだが、助九郎は素通りして、表通りに出た。少し先にある浅野川大橋が夕日に照り返っていた。いまその橋を渡る男を見て、助九郎は目を輝かした。

「旦那……旦那！」

声を張ると、橋の途中で男が振り返った。

「何だ助九郎ではないか。どうしたその頭は？　改心して坊主にでもなったか」

軽口を返してきたのは、浅香新五郎だった。

助九郎は新五郎のもとに駆け寄った。

第三章　宮腰《みやのこし》

一

銭屋五兵衛は下通町《しもどおりまち》で商売をやっている男だった。十七歳で家督を譲り受けて、醤油《しょうゆ》醸造と質屋、古着屋を営んでいる。まだ二十歳の青年であったが、その目は野心に燃えており、武士とは違う商魂の逞《たくま》しさを感じさせた。

「江戸にも行ってみたいと思っています。大坂や京より江戸のほうが大きいと聞いておりますので、いったいどのように大きいのかと、常々誰かに教えてもらいたいと思っていたのです」

「それでどのようなことをお知りになりたいのです？」

お藤が問い返した。

　そこは五兵衛の家の広座敷だった。開け放たれた縁側から夕風が吹き込んでいた。翳《かげ》りつつある空に、鳶《とび》が舞っている。

「そうですね。商家は金沢よりずっと多いと思いますが、どれほど多いのでしょうか？」

　五兵衛の相手をするのはお藤だった。

「……おそらく百倍はあるかと思います」

「百倍……」

　五兵衛は目を丸くした。

「いえ、もっとかもしれません」

「そんなに……。それじゃ人もそれだけ多いということですね」

「もちろん金沢城下の比ではありません。大名のお屋敷がたくさんありますし、御用《ごよう》達《たし》の商人もそれに合わせてなければなりません。食べ物や酒醤油といったものも、諸国から集まってまいりますからね」

「諸国から江戸に……」

　五兵衛は腕を組んで、どこか遠くを見て考えた。短くうなりながら、

「やはり、江戸か……」

と、利発そうな目を輝かせ、妙に感心したようにつぶやく。

お藤は両国や奥山、あるいは上野の盛り場のことや、川舟や港の様子、それから吉原をはじめとした色町についても話してやった。

「百聞は一見に如《し》かずという。江戸に興味があるなら、一度足を運んでみたらどうだ」

音次郎は扇子《せんす》を閉じて五兵衛を見た。

「そうでございますね。いや、こんな片田舎で江戸の方に会うのは滅多にありませんので、いろいろと知りたいのです。それで今夜はいかがなさいます。城下にお戻りですか?」

五兵衛は音次郎とお藤を交互に見た。

「どこか適当な旅籠《はたご》があればよいのだが……」

「もし、ご迷惑でなければ、この家に泊まってくださいませんか。なに、部屋は余っておりますので、ご心配には及びません。それに、まだいろいろとお話をさせてもらいたいので……」

音次郎としても聞きたい話があるので好都合であるが、

「気持ちは嬉《うれ》しいが、気が引ける。やはり、旅籠に泊まりたいと思う」

と、やんわりと断った。

「……それじゃ、満足していただけるかどうかわかりませんが、わたしがご紹介いたしましょう」

「手間をかけさせてすまぬな」

五兵衛が案内してくれたのは濱《はま》町にある、清水屋というこぢんまりした旅籠だった。何でも五兵衛の親戚《しんせき》らしい。旅籠の者に粗相のないようによくよくいい聞かせた五兵衛は、あとでまたやってくるといって帰った。

夫婦ということになっているので、部屋はひとつである。

一階の奥の間で、なかなか落ち着いた客間だった。濡《ぬ》れ縁の先に小庭があり、垣根越しに燦々《さんさん》ときらめく星空が見えた。

「五兵衛は町の組合頭だという。すると港にも詳しいはずだ。あとで、それとなく聞いてみようではないか」

「わたしもそのことを考えていたのです」

女中がやってきて、風呂を先にするか飯を先にするかと聞きに来た。

「先に湯に浸《つ》かりたい」

音次郎がそういうと、女中はいつでもどうぞと、何やら楽しそうな笑みを浮かべていう。

「お客さんは、馬借の喧嘩《けんか》を鎮めてくださったのですね。もうこの辺では評判になっておりますよ。七、八人の男たちをばたばたと倒されたそうで……見ていて気持ちよかったという話です」

「見ておれなくなったから、仲立ちに入っただけだ。それじゃ早速風呂に浸かることにしよう」

おしゃべりらしい女中の言葉を遮《さえぎ》って、音次郎は立ちあがった。

「狭い町だから、すぐ噂《うわさ》になるようですね。気をつけなければなりません」

女中が下がったのを見てからお藤がいった。

「うむ。揉《も》め事には関わりたくないものだ。それじゃ先に汗を流してくる」

音次郎は風呂に向かった。

空き部屋が目立つので客はそう多くないようだ。できればもう一部屋取りたいが、そうなるとあやしまれる。今夜は同じ部屋でお藤と過ごすしかない。

湯に浸かりながら留守を預からせているきぬに思いを馳《は》せた。江戸を離れてからきぬは表情も明るくなり、笑うことが多くなった。近所の者たちとも親しくなり、面白い話を聞いてきては楽しそうにしゃべる。

——あの土地がきぬには合っているのかもしれぬ。

音次郎は星を眺めながら、鼻に小じわを寄せていたずらっぽく笑うきぬの顔を、瞼《まぶた》の裏に浮かべた。

無事に白須賀に帰ったら、ゆっくりいたわってやろう。近くの温泉場に遊びに行くのもいい。いまからそのことが楽しみになった。

風呂を上がって部屋に戻ると、酒の支度が調《ととの》っていた。

「先におやりになっていてください。夕餉《ゆうげ》の膳《ぜん》はあとで運ぶということでした」

旅籠の浴衣《ゆかた》に着替えたお藤はどことなく妖艶《ようえん》だった。

「さようか。ゆっくり浸かってくるがいい。風呂は狭いが、なかなかいい湯だった」

お藤がいなくなると、音次郎は手酌で酒を飲んだ。

さっきはきぬのことが頭に浮かんだが、村垣と三九郎のことが気になった。ことはうまく運んでいるだろうか。またあのかぶき者に出くわしてはいないだろうか。そんなことを考えながら酒を口に運ぶ。

肴《さかな》は茄子《なす》と胡瓜《きゅうり》の和《あ》え物に黒作《くろづくり》である。黒作は、烏賊《いか》を烏賊墨でつけ込んだ塩辛である。冬場がその時期だが、夏場の黒作も乙である。

音次郎には塩加減が強いが、酒の肴だけでなく、あつあつの飯の上にのせれば何杯もお代わりできそうな一品だった。黒くぴかぴかと光っていて、噛《か》んでいるうちに何ともいえぬ甘い滋味を味わえた。

旅籠は静かであった。蛙《かえる》の声と潮騒《しおさい》の音が遠くから聞こえてくるし、海風が心地よい。お藤が頬《ほお》を火照らして風呂から帰ってきた。

湯に浸かったせいか、肌がつやつやとしていた。行灯《あんどん》の明かりを受けたその肌が、何とも艶《なま》めかしい。

女中が夕餉の膳部を調えてくれると、二人は差し向かいになって、ゆっくり酒を飲んだ。

膳には五兵衛の口利きがあったらしく、鯛《たい》や鮃《ひらめ》の刺身が載っていた。とくに、〆鯖《しめさば》は絶品だった。浅い漬け込みで、身も厚く、ほんの少し醤油を垂らし山葵《わさび》をつけると、ますますその味が引き立った。

これでは酒が進みますねと、お藤が頬をほころばせた。

「港のことは五兵衛からうまく聞き出すことができそうだ。あの男を頼ってみるのは悪くなさそうだ」

音次郎がそういえば、お藤も同感だという顔をした。

「あの人は根っからの商売人のようです。それに船を持っているという話でした」

「ほう、あの若さで……。たいしたものであるな」

そんな話をしていると、部屋の前に五兵衛が現れた。

「これは差し入れでございます」

そういって酒徳利を差し出した。

二

「馬借の連中が、是非にと申しますんで、どうぞ召しあがってくださいまし」

「それはかたじけない。さ、入れ」

音次郎がうながすと、五兵衛が敷居を越えてそばに座った。

「近所で佐久間さんのことが噂になっておりましてね。昼間の件ですが、佐久間さんのような方がこの町に住んでいれば、みんな助かると申します」

「役人がおるであろう」

「町方の役人はいますが、あまり仕事熱心ではないんです。それに、この町は土地柄気の荒い者が多くて、ああいった喧嘩騒ぎがしょっちゅうあるんでございます。とくに荒波を越えてやってくる船乗りたちは、おうおうにして騒ぎを起こします」

「それは困ったことだな……」

音次郎は五兵衛に酌をしてやった。昼間、港界隈《かいわい》を見てまわった折、幾人かの役人を目にしていたのだが。

「たしかに役人は少なくありません。出船《しゅせん》奉行《ぶぎょう》に御囲《おかこい》奉行に御蔵《おくら》奉行などとそれ相当の人数がいますし、町からも年寄《としより》や肝煎《きもいり》、そしてわたしのような組合頭が揉め事の仲介に入りますが、なかなか思うようにはいきません。もう少し町方の力があればよいのですが、仕事はおざなりでして……」

五兵衛はどうぞと、音次郎に酌を返して話をつづけた。

「船乗りなどは積み荷を下ろしたり積んだりして、さんざん飲み食いをしたらさっさと出てゆきます。まあみんながみんなそうだというわけではありませんが、なかには質《たち》の悪い者もおりまして、へえ」

「船を持っていると聞いたが……」

音次郎が話を振ると、五兵衛は目を輝かせた。

「もう耳に入りましたか。いや、じつはそうなんです。わたしが買ったのではなく、隠居しております父親が買い取ったものですが、わたしはその船をうまく使って、商売の手を広げようと考えているんでございます」

長宝丸という船で六百石積みだという。船の話になると、いきおい五兵衛の口が軽くなった。宮腰港には年貢米や領外に販売する米が集められるという。とくに大坂が大きな市場で、毎年十万石から三十万石の米が送られている。

「これを大坂登米《のぼせまい》と申しまして、大坂で金に換えましてから、前田家に収めるんでございます。ですが、回漕《かいそう》する宮腰の船は多くありません。大半は船足の速い上方や瀬戸内の弁財船《べざいせん》がはたらいております。わたしはいずれ、その仕事を一手に引き受けられないものかと考えているんでございます。徐々に宮腰の船主らも手を広げて、北《きた》前船《まえぶね》を作っております」

「北前船……」

「へえ、この港で使われていたのは、北国船《ほっこくぶね》とかはがせ船といわれる古いものです。その船にいろいろ手を入れまして、北前型の弁財船を造っております。明日にでもご覧にいれますよ。いえ、もう見られているかもしれませんが、わたしはこの船を使って登米だけでなく、蝦夷《えぞ》や九州、そして江戸と商売をやりたいんでございます」

「蝦夷……」

五兵衛の話は大きい。夢がある。音次郎は思わず話に引き込まれていた。もちろん、話のなかから前田家の動きを引き出せないだろうかという意図もある。

「蝦夷にはいい材木があるといいます。羽州にもいい木はありますが、まだまだ手前の知らない諸国にはいい山があるはずです。米の回漕だけでは儲《もう》けが少ないので、わたしは材木に狙《ねら》いをつけているんです。お話にあったように江戸が金沢の百倍だとすれば、大きな取引ができます」

「材木は城下にも運ばれているのでは……」

「ええ、宝暦《ほうれき》の大火でお城はひどい目にあいました。お殿様は何とか再建されようとしておられます。町屋も同じですから、材木の注文は多ございます」

「城下で耳にしたのですが、新しく学校が出来たそうですね」

お藤が訊《たず》ねた。

「へえ、明倫堂と経武館です。前田のお殿様はすぐれた人間を育てるのだそうです」

「材木はいつもより多く運ばれているのだろうか？」

今度は音次郎が聞いた。

「さあ、明倫堂と経武館を作っているときは多かったようですが、いまは以前と同じではないでしょうか……」

「米や塩といったものも……」

お藤はさりげなく疑問を口にして、五兵衛に酌をしてやった。

「お殿様が江戸表からお戻りになったので、その分家来の方々も増えました。それだけの分は増えているはずです。うちの醬油も少し売り上げがよくなっておりますので……」

話からすると、気にするような大きな動きはないようだ。

「それで、江戸のことをまた教えてくださいませんか……」

五兵衛は興味津々《しんしん》の目を、音次郎とお藤に向けた。

二人は五兵衛に聞かれるまま、江戸の話をしてやった。五兵衛は江戸で一番大きな商家はどこだ、どんな商売が儲かっているのだろうか、またそれは何という店で、いかほどの店構えだろうかと矢継ぎ早に質問を繰り出す。

音次郎とお藤は、越後屋や白木屋の話をしたり、魚河岸《うおがし》や吉原に日に千両の金が落ちると話した。

五兵衛はため息をついたり、感心したり、また目を大きくして驚いたりした。じつに表情豊かな男だ。

市村座や中村座という芝居小屋にも、日に千両近い金が落ちると話すと、

「へえ、芝居もそんなに儲かるのでございますか……しかし、それはそれだけ住んでいる人が多いからでしょう。加賀では難しいことですね」

と、五兵衛はあくまで計算高い。

この男はのちに日本海を中心に海運業を発展させ、海の豪商といわれる大人物になるのだが、本人はそこまで商売が成功するとは思っていなかっただろう。

それはともかく話は盛りあがり、酒も進んだ。五兵衛は、明日は港を案内すると、機嫌のいい顔をして帰っていった。

「佐久間さん、どう思われます？　この町をこれ以上探っても無駄なような気がしますが……」

五兵衛が帰ったあとでお藤がいった。酒のせいか、目が潤んでいた。

「そうだな。とくにあやしい動きはないように思う。明日、五兵衛の案内を受けたら、城下に戻ることにしよう」

三

やはり、こういうことか……。

家に戻るなり、新五郎は肩を落とした。妻の結の姿はなかった。もちろん、来年まで夫が帰ってこないと思っているので、家を空けていてもしかたないと思う。新五郎も此度《こたび》の帰郷については何も知らせていない。知らせてはならなかったからである。

だが、ひっそりと静まった屋敷は、寂しさが充満していた。それに暗い。行灯をひとつだけしか点けていないからではない。陰鬱《いんうつ》なのだ。

妻と顔を合わせても、滅多に笑いのない家である。会話もほとんどしないし、結が口を開けば面白くもない実家の話になる。聞き流すことが常だが、不快を感じる言葉が耳に入ってくる。だから、新五郎はさらに不機嫌そうな顔をする。

しかし、今回の役目にはかえって都合がよいのではないかと、いいほうに考える。

台所をあさって、香の物と佃煮《つくだに》を見つけたので、さっきから酒をちびちびやっていた。蚊遣《かや》りの煙が体にまといつき、大きな蛾《が》が壁に張りついている。迷い込んだ金《かな》ぶんが畳をもぞもぞと這《は》っていた。

――江戸はよかった。

心中でつぶやく新五郎は、宙の一点を凝視した。それも小千代という女に会えたからだった。あの女にどれほど心を癒されたことか……。

新五郎は常に孤独な男だった。

養子縁組によって御目見得《おめみえ》になったことは問題ではない。孤独を味わうようになったのは、横目付《よこめつけ》の下役になってからだ。

概して横目は嫌われ役である。陰では横目の野郎がといわれ、蔑《さげす》まれている。それでいて、そんな者に会うと媚《こ》びを売り、見えすいた世辞をいってくる。保身のためには横目に目をつけられないことが大事だからだ。

手柄を立てたことで、物頭《ものがしら》に取り立てられたが、横目の経歴が邪魔をし、誰もが胡散臭《うさんくさ》い目で見て、腫《は》れ物に触るような接し方をする。家来でさえ、用がないときは明らかに避けている。陰口をたたかれる覚えはないが、あれこれいわれていることを新五郎は敏感に感じ取っていた。

そんなことがあるから、言葉が荒くなり、うっかり手をあげたりする。そのことでますます評判が悪くなった。こんなことなら、また横目に戻っていいとさえ思う。

しかし、もしそうなれば、結が嫌がるに決まっている。情愛を感じない妻ではあるが、これ以上夫婦の溝を深くしたくはない。

「くそっ」

新五郎は声に出して吐き捨てた。悪い癖ではあるが、鬱屈した気持ちを抑えることができない。

「侍がなんだ」

出世するのは事務方である役方の者たちばかりだ。新五郎のように組方（軍事）の者は、ほぼ世襲によってその一生が決まる。しかも、ろくな役目はない。ほとんどないといっていい。それでも俸禄《ほうろく》があるからしがみついているのだ。

身分も家も、何もかも捨ててかぶいてやろうかと、酔いの回りはじめた頭で思う。そうできれば、どれだけ気が楽だろう。

「……待てよ」

新五郎は盃を宙に浮かして考えた。

城下に入ったときだった。助九郎に声をかけられたのを思いだした。やつらは強請《ゆす》りたかりかっぱらいはお手のものだ。好き勝手に自由気ままに生きている。誰にも束縛されていない遊侠《ゆうきょう》の輩《やから》だ。

新五郎は横目時代に、助九郎たちをうまく利用した。そのお陰で手柄を立てることができたのだった。もちろん、飲み食いをさせ、身銭を切って小遣いを渡さなければならなかったが、助九郎たちはよくやってくれた。

――今度も……。

やつらを使ってみようかと、ふと妙案が浮かんだ。

あまり人に顔を曝《さら》さないでくれと、半兵衛に釘《くぎ》を刺されていたので、助九郎に声をかけられても、ごく短く当たり障りのないことをいって別れたが、よくよく考えればやつらは前田家の家臣と接触することはほとんどない。

──そうだ。

新五郎は脛《すね》に止まった蚊を見つめて、たたきつぶした。

公儀の犬であるお庭番を見つけるのは容易ではない。江戸に比べれば城下は狭いが、それでも人ひとりを捜すのは一苦労だ。相手の名も顔もわかっていないのだ。

助九郎を使おう。やつらに手伝わせよう。町のことにも詳しいし、思いもよらぬ話を聞いてもくる。

「よし、決めた。あやつらを使うのだ」

新五郎は声に出して独り言をいうと、盃を一気にほした。

明日の朝、半兵衛がやってくるので、そのときに相談しようと考えた。いやいや、それよりやつらに会うのが先だ。

新五郎は表の闇《やみ》を見た。もう大分夜は更けているが、暗い家にひとりでいると、気が滅入ってしようがない。助九郎らに会えばちょっとした気晴らしにもなるはずだ。

新五郎は提灯《ちょうちん》に火を入れると、差料《さしりょう》をつかんだ。

四

　音次郎はなかなか寝つくことができなかった。縁側の障子越しに、あわい月明かりが入っている。蚊帳の外にある有明行灯が、ぼんやり点《とも》っている。

　すぐ隣にはお藤が横になっていた。二つの布団はつけられている。

　狭い蚊帳のなかだから旅籠の手代がそのような敷き方をしたのだ。それに二人は夫婦ということになっている。

　夏の夜のことだから、夜具は薄衣《うすぎぬ》をかけただけである。

　蛙の声と、虫の声が聞こえる。そして、隣に寝ているお藤の寝息も……。だが、お藤が寝入っていないのは何となく察している。

　音次郎の目は闇に慣れていた。そっと顔を横に向けると、お藤の目と合った。

「眠れないのですか……」

　お藤がささやくようにいう。

「うむ」

「わたしがそばにいるからでしょう」

「わたしも佐久間さんがそばにいるので……ねえ、佐久間さん……」

お藤が手を伸ばしてきた。

しなやかな指先が音次郎の頬に触れ、ついで唇をなぞった。

「以前、郡上八幡《ぐじょうはちまん》の山の温泉……覚えていますか……」

「無論……」

「……わたしはよかったのですよ」

音次郎はじっとお藤を見つめた。闇のなかでもお藤の瞳《ひとみ》が潤んでいるのがわかった。

お藤の指は音次郎の首筋をなぞり、ついで逞しい胸に達した。

音次郎はその手をつかんだ。

「わたしは後悔などいたしません」

お藤が体を寄せてきた。

「男と女の関係になっては……」

「いいではありませんか」

お藤は遮っていうと、音次郎に手をつかまれたまま半身を起こした。一方の手で、浴衣を肩から滑らせた。白い肌が薄闇のなかに浮かんだ。隆起した乳房、くびれた腰。

その見事な曲線が、薄闇のなかに象《かたど》られている。

あわい光のあたる部分と、陰になった部分が官能的な影絵のようだった。お藤の両の眼が濡れたように光っている。

「おきぬさんのことが気になるのですか……」

音次郎は強く手を引き寄せた。抗《あらが》うこともせず、お藤は音次郎の胸に頬をつけた。掌でその胸をさすり、「ああ」と吐息を漏らした。

「共に役目を果たさなければならぬ間柄だ。越えてはならぬ……」

音次郎の声が途切れた。お藤が唇を合わせたからだった。

はっとなった音次郎は、お藤を突き飛ばすように押しやった。お藤が驚いたように見てくる。音次郎は勃然《ぼつぜん》と湧きあがる欲情と戦っていた。なんとか抑えようと思うが、精神と肉体は必ずしも同調しない。

「お藤……」

「はい」

「おれを困らせるのか」

お藤はゆっくりかぶりを振った。

「ならばおとなしく休もうではないか」

音次郎はお藤に背を向けて横になったが、睡魔はいつまでもやってこなかった。

五

そこは金沢城下を走る北国街道の西に広がる武家地の一画だった。雲が呑《の》み込んだ月を吐き出し、高い塀からせり出している松の影を作った。近くでせせらぎの音がしている。武家地を流れる用水があるのだ。

「そろそろよいだろう」

村垣が三九郎を振り返った。小さな稲荷《いなり》の植え込みのなかである。二人がそこにひそんでおよそ半刻がたっていた。

「ぬかるな。心してかかれ」

二人は植え込みから一度出て、塀の陰から屋敷表の長屋門のほうをのぞき見た。駕《か》籠《ご》が二挺《ちょう》止まっている。そばには近習《きんじゅう》の者たちが控えている。その数は八人。

これから三九郎が侵入しようとしているのは、加賀八家筆頭の前田土佐守屋敷である。当主は直方《なおただ》。有沢《ありさわ》流兵学を伝承されている兵学者であり、藩校経武館設立にも大きな影響を与えた人物である。前田家当主・治脩《はるなが》につぐ大物でもある。

土佐守を訪ねているのは、家老の本多政成《まさよし》、もうひとりは幕府との交渉・応対にあたる公儀御用人の補佐役であった。

この三人がひそかに会するということは、ただごとではない。村垣は幕府への画策があれば、当主・治脩に建言する前の下工作だとにらんでいた。

「三九郎、いまのうちだ」

村垣にいわれた三九郎は屋敷の裏手にまわった。見張りに立った村垣は、周囲に目を凝らして、顎《あご》をしゃくった。三九郎はそのまま塀に取りつくと、身軽に塀を越えて、屋敷内に着地した。豪壮な庭があり、池を泳ぐ鯉《こい》がぴちゃっと跳ねた。水面に月が映っている。

庭には春日灯籠《かすがどうろう》や雪見灯籠があり、どれにも火が入れてある。池には石の架け橋を渡してあった。三九郎は屋敷に目を配った。廊下に人の姿はない。閉められた障子にあわい明かりがある。

どの部屋だ……。

三九郎は目を凝らすがわからない。屋根裏に忍び込むより、縁の下がいいだろうと見当をつけた。そのまま闇のなかを鼬《いたち》のように進み、縁の下にもぐり込んだ。

頭上の足音や人の気配に細心の注意をしながら、動きまわるうちに、笑い声が聞こ

える部屋の下に辿《たど》りついた。しばらく聞き耳を立てると、

「殿が心を砕かれるのも無理はない。しかし、しばらくお休みいただこうではないか。明倫堂と経武館の開校までには、もう日がないがわしらで何とでもできよう」

「御意《ぎょい》にございまする。すべての準備は調っているのですから、ここに及んで殿の手を煩《わずら》わせることもないでしょう」

「それより、次の参勤のことを考えておかなければならぬ」

床下で盗み聞きしている三九郎には、どれが誰の声だかわからなかったが、しばらく聞き耳を立てているうちに見当はついた。

三人は幕府に対する謀反や、その計画を話しているのではなかった。参勤交代は多大な出費となる。その出費をいかに抑えるかというのが、その夜の主題であるようだった。

前田家の台所事情は苦しいと聞いてはいたが、この三人の話からするとどうやら本当のようだ。幕府に対する謀反などの話は一切出ず、経費をいかに抑え、年貢や交易などによる利益をいかに活用すればよいだろうかという話ばかりである。

――チッ、くだらねえ話ばかりしやがって……。

三九郎は床下に這いつくばったまま、胸の内でぼやく。床下の闇にも目が慣れてき

て、この屋敷がどんな造りになっているのか、ぼんやりとわかった。

三人がいるのは客座敷であろう。ときどき、女中が料理や酒を運んだり下げたりしていた。三人は酒が進んでくると、さっきの真面目くさった話はどこへやら、それぞれの家の跡継ぎがどうの、嫁がどうの、あるいは菩提寺《ぼだいじ》が何だかんだという話になっていった。

これじゃ埒《らち》が明かないと思った三九郎は、そろそろと引き返すことにした。床下から出て先の庭に駆け、塀に手をかけたときだった。

「きゃあ！　何かいる！」

という声がした。同時に瀬戸物の割れる音。

酒を運んできた女中に見つかってしまったのだ。三九郎は慌てて塀の上によじ登った。そのとき、あちこちの障子がつぎつぎと開かれた。

「や、曲者《くせもの》！」

そんな声がした。

三九郎は慌てて裏道に飛び下りると、近寄ってきた村垣を見た。

「いかがした？」

「見つかってしまいました」

「逃げるのだ」

二人は脱兎《だっと》のごとく闇のなかを駆けた。

六

「さあ、それではご案内いたしましょう」

翌朝、旅籠に迎えに来た五兵衛が機嫌よくいった。

音次郎とお藤はそのまま五兵衛の案内で港に向かうが、今日も日射しが強い。通りに出て間もなく、体に汗が浮かび、やがて額から首筋をつたっていった。

港は犀川の河口にあるが、栈橋につけられている船の多くは漁師舟か小さな荷舟《にぶね》である。大きな船は波を防ぐ入り江のほうに浮かんでいる。

「わたしの船はあれです」

五兵衛が自慢そうに一方の船を指さした。

碇《いかり》を降ろし、帆が下げられている。長宝丸という文字が船腹でかすれている。舳先《へさき》に掲げられた小旗が、潮風に吹かれていた。

その周囲には北前船が数隻浮かんでいた。どれも千石以上の大きくて立派な船である。船のそばには艀《はしけ》がつけられ、荷を揚げたり降ろしたりしている。

港には鷗《かもめ》がうるさいほど舞い交っていた。輝く海の遠くはぼんやり霞《かす》みながら、空の青と溶け合っていた。

「北前船は船縁《ふなべり》に垣立《かきたつ》がありません。昔の船より舳先を丸くしてあるのでも、その違いがわかります。風がなければ、櫂《かい》で漕《こ》ぐしかありませんが、まあそんなことは滅多にありませんので……」

説明を受ける音次郎は、あまりよくわからないが、いちいちうなずいてみせる。

「あの船は大坂に塩を運ぶんです。塩だけでなく金や銀なども積んでいますが……」

さっきから丁寧に説明する五兵衛の目は輝いている。

「金と銀……それはどこから……」

お藤が疑問を呈した。

「佐渡や前田家の領内にある山で採れるのです。五箇山《ごかやま》や医王山のほうにも鉱山がありますんで……」

港は潮の香りも強いが、強烈な魚の匂《にお》いも混じっていた。水揚げされた魚は、すぐに河岸場の水槽に入れられたり、捌《さば》いて干されたり、あるいは塩漬けにされている。

港のあちこちにそんな様子が見られる。

「あれは久保田（秋田）からやってきた船です」

五兵衛が沖合から近づいてくる船を見ながらいう。積み荷は遠くから見ても材木だとわかった。五兵衛は材木の需要が最も大きいと付け足す。それらの材木は馬借《ばしゃく》によって城下に運ばれるらしい。

「港に入ってくるのは、材木の他に何がありますか？」

港をあとにする五兵衛につづくお藤が周囲を見ながら訊ねた。

「いろいろです。上方からは呉服や鉄、日用の品々。能登《のと》や越中からは薪《まき》に炭に大豆などの俵物。羽州からは蠟燭《ろうそく》や魚肥《ぎょひ》といったものでしょうか……」

魚肥は干鰯《ほしか》や〆粕《しめかす》である。五兵衛は自分の稼業のひとつである醬油醸造ができるのも、大豆や〆粕を大量に手に入れることができるからだという。

「そうはいっても、わたしは船を使った大きな商いをやりたい」

五兵衛の目はいきいきしている。音次郎は大志を抱いている若者を見るだけでもすがすがしく思うが、希望に満ちあふれている五兵衛には羨《うらや》ましさを感じる。まったく武士社会にはない、自由奔放な闊達《かったつ》さがあるのだ。これが商人の魅力かもしれない。

しかし、音次郎はそんなことにとらわれているわけにはいかない。役目がある。

「宮腰はいつもと変わらぬのだろうか」

音次郎はさりげなく五兵衛を見る。

「変わらぬとおっしゃいますと……」

「前田家は城の建て直しと、城下の整備にあたっていると……そんなことを耳にしたのだ。そなたもそのようなことを申したではないか。この港は城下にとっては大切なところのはず。何かそのような動きがあるのではないかと思ったまでだ。そなたは組合頭をやっている手前、前田家や殿様のことにも詳しいのではないか」

五兵衛は立ち止まって怪訝《けげん》そうな顔をした。

「……お殿様のことはよくわかりません。しかし、お城から大事な御用やお達しがあれば、わたしは組合頭をやっている手前、町年寄や肝煎から必ず話があります」

「けれど、そんなことはないと……」

お藤が長い睫毛《まつげ》を上下に動かして、首筋をつたう汗をぬぐった。

「なぜ、そんなことを？」

「五兵衛さんのお役目を知りたかっただけです。それにしても日向《ひなた》は暑いです。どこかで休みたいですね」

お藤ははぐらかして、一方の茶店を眺めやった。

「少し休むか」

音次郎は先に茶店に歩いていった。

店のなかにある床几《しょうぎ》に三人並んで腰掛け、港の様子を眺めた。冷や水が届けられると、音次郎は喉《のど》を鳴らして飲んだ。

「佐久間さまは金沢からどちらへ行かれるのです？」

五兵衛が音次郎に顔を向けて聞いた。

「京見物をして東海道を下るつもりだ」

「長い旅なのですね。金沢にはいつまで？」

「今夜城下で一泊したら、明日には発《た》つつもりだ」

「もう発たれるのですか？」

五兵衛は何やら残念そうにうつむき、顔を曇らせた。

「この地の見物はあらかた終わったのでな」

「佐久間さまの腕を見込んで、ひとつお願いがあるのですが……」

五兵衛はこれまでと違った真剣な眼差しを音次郎に向けた。

「なんだ？」

「じつは身内に困ったことがありまして、お助けいただけないかと思うのです」

「いったいどういうことを……」

「従妹《いとこ》におせいという娘がいます。石坂《いっさか》に借金の形として売られていったのですが、まだ十四です。わたしはおせいを連れ戻したいのです」

「石坂とは……」

「城下にある廓《くるわ》町です」

「その娘は女郎に……」

「はい。何度も掛け合っているのですが、相手は首を横に振るばかりで、おせいがほしければあと百両寄こせと申します。元金には利子が付くのだといいますが、めちゃくちゃな話です。元金はたったの二十両だったのですから……」

「元金の五倍……」

お藤は目を丸くした。

「道理の通らぬ話であるな」

音次郎もいささかあきれ顔をしていった。

「どうか佐久間さま、力になっていただけませんか」

五兵衛はいきなり土下座をして頼んだ。

「借金の形にする親も親ですが、おせいは気立てのよい可愛い娘です。女郎にするような女ではありません。ですからなんとしてでも取り返し、幸せな道を歩かせてやりたいのです。町方の旦那《だんな》に相談しても、なかなか話に乗ってくれません。知り合いも同情こそしますが、しょせん他人事《ひとごと》だと思っているので何もしてくれません。佐久間さまなら相手に話も通じると思うのです。これ、このとおりです。お願いできませんでしょうか……」

五兵衛は泣きそうな顔になって頭を下げた。

音次郎はお藤を見た。放っておけないのではないかという顔をしていた。

「五兵衛、みっともないから立つのだ」

音次郎は五兵衛の腕をつかんで立たせた。

「そなたには世話になった。どうせ城下に戻るので、話をしに行ってみよう」

「お願いできますか。ありがとう存じます。ありがとう存じます」

五兵衛は目に涙を浮かべて、頭を下げた。

「ところで五兵衛さん、おせいちゃんの親はどうして女郎屋に娘さんを売るようなことを……」

お藤はそういって五兵衛を見た。それは音次郎も聞きたいことだった。

「話せば長いのですが、女郎奉公するといい出したのはおせいなのです」

「自分から……」

お藤は目を丸くした。

「ええ、ですが、それにはわけがあります。馬借をやっていた父親は仕事の折に腰を痛めまして、体が思うように動かなくなり、いまはほとんど寝たきりです。あまり丈夫でない母親も、浜の仕事の手伝いをしてわずかな金を稼ぐぐらいです。それに、おせいには七つ違いの弟がいます。この面倒を見ているのがおせいでした」

「それじゃ暮らしは楽ではありませんね」

「おせいも近所の使い走りをして小遣いを稼いでいましたが、高が知れています。それに父親は頑固者で、人に頭を下げたり弱味を見せるのが嫌いな人です。暮らしがきつくても、人にはそんな顔は見せません。知り合いや親戚の者が訪ねていっても、愚痴ひとつこぼさない男です。まわりの者は大変だということはわかっておりましたが、まさかおせいを女郎に出すほど困っているとは思っていなかったのです」

音次郎とお藤は五兵衛の話に黙って耳を傾けた。

「わたしも気づきませんでしたが、おせいの家からはいつの間にか家具や調度がなくなっておりました。売り払って家計の足しにしていたんでしょうが、それでも足りないので、借金をしておりました。その金がいつの間にか積もり積もって、二進《にっち》も三進《さっち》もいかなくなったのです」

五兵衛は話すうちに感情が高ぶったのか、目の縁を赤くした。

「わたしがもっと早く気づいていれば、なにか考えてやることもできたのですが、知ったのはおせいが売られたあとでした。話を聞いたときは悔しくて、情けなくて、おせいの親を恨みました。馬鹿なことをしやがってと怒鳴り散らしましたが……」

五兵衛は大きく息を吸って、ため息をついた。

「わたしは小さいころから慕ってくるおせいを、実の妹のように可愛がっておりました。家に遊びに来れば、飯を食わせ土産を持たせたり……。せがまれたこともあり、読み書きや算盤を教えてやりました。覚えの早い子で、近ごろは手紙の代筆をできるようにもなっていたんです。それがなぜ、女郎屋などに……。おせいは気立てがいいし、やさしい子です。怪我をした猫を手当てして寝ずに看病したこともあります。むなしくも猫は死んでしまいましたが、そのときのおせいの悲しみぶりは傍で見ていても心を打たれました。親思いでもあるし、弟思いでもあります。……それがなぜ女郎などに」

五兵衛は握りしめた拳《こぶし》を震わせ、涙をこぼした。

「父親は黙っておせいを女郎屋に渡したのだろうか……」

音次郎だった。

「血のつながった親です。断腸の思いだったはずです。わたしが怒鳴ったとき、情けない情けないと自分を責めて、頭を下げて涙を流しました。あんなに気弱なおせいのおとっつぁんを見たのは初めてです。母親のおかつさんもうなだれたまま泣いておりました。おせいを渡したことを後悔しているんです。だから、わたしが何とかしようと思ったのですが、相手は一筋縄ではいきません。そんなときに佐久間さんにお会いして……傍迷惑《はためいわく》な話でしょうが、どうかお願いいたします」

そういって頭を下げる五兵衛を、音次郎は静かに眺めた。断れる話ではなかった。

七

そのころ、三九郎は金沢城の大手門である尾坂御門から出てきたひとりの武士を見ていた。そこで待って約二刻、ようやく目当ての人物が城から戻ってきたのだ。

もちろんひとりではない。中間《ちゅうげん》と小者《こもの》がそばについて歩いている。

侍の名は、宮野征之助《みやのせいのすけ》といった。加賀八家の横山家の用人である。髷《まげ》に霜を置いているが、年のころ四十前後、背は高くもなく低くもなく、鼻筋の通った聡明《そうめい》な顔をしている。色男の類《たぐい》だ。

「間違いねえ」

三九郎は宮野をよくよくたしかめると、唇を指先でなぞって、茶店の葦簀《よしず》の陰から表通りに出た。周囲にはやかましい蟬《せみ》の声がある。

城をあとにした宮野征之助は、そのまままっすぐ尾張町に行き、とある料理屋に立ち寄った。料理屋は表戸を開けているが、まだ暖簾《のれん》は上げていなかった。店の名は、伊勢屋となっている。三九郎は店の位置を頭にたたき込んだ。

宮野は表に供の家来を待たせていたが、すぐに戻ってきた。今度は城下を南北に走る北国街道を南へ向かった。この道が城下の目抜き通りで、両側には商家が並んでいる。問屋があれば、小店もある。夏の暑い盛りであるから、店の前には水打ちがされ、葦簀を立てかけてある。

通りは照りつける日の光で暑さを増している。行商の者は頭に手拭《てぬぐ》いをのせ、しきりに汗を拭《ふ》きながら歩いている。日陰を探しながら歩く者もいる。大八車が過ぎれば、徒党を組んだ武士の一団とすれ違う。誰もが顔に汗を張りつかせていた。

宮野は南町を西に入り城下のあちこちで見られる用水沿いの道を進んだ。水は清らかであるし、豊富だ。心地よい瀬音を立てる用水はきらきらと輝いている。

やがて武家地に出た。このあたりは大きな屋敷が多い。表札などないから誰の家だかわからないが、見越しの松の枝振りを見ただけで上士の家だと思われる。

先夜、忍び込んだ前田土佐守の屋敷もこの近くだ。それより、人通りが少ないので尾行に気をつけなければならなかった。

三九郎は宮野が角を曲がるたびに、屋敷塀に身を隠してあとを尾《つ》けた。宮野は幾本かの小道を横切ると、とある一軒の家に姿を消した。

冠木門《かぶきもん》の戸が閉められ、「お帰りなさいませ」という声が聞かれたので、宮野の家に違いない。三九郎はあたりを見まわして、宮野家の場所を頭に入れると、そのままきびすを返した。向かうのは村垣と待ち合わせをしている石浦町《いしうら》のうどん屋である。

「それにしてもなんだよ、このくそ暑さは……」

三九郎は空をにらみあげてぼやいた。

二本の指で襟《えり》を正すと、日陰を探しながら北国街道に戻り、目当てのうどん屋に飛び込むと、風通しのよい入れ込みに座り込んで麦湯を注文した。ついでに素麵《そうめん》をたのむ。

金沢の素麵はうまい。魚の煮汁を使った薄味の出汁《だし》が三九郎の口に合うのだ。

風鈴の音を聞きながら素麵を平らげたとき、村垣が店に入ってきた。何やらしぶい顔をしている。苦くてたまらない丸薬を嚙み砕いたときの顔をしている。

「いかがされました？」

三九郎は差料を脇《わき》に置いて座った村垣に聞いた。

「妙立寺に手がまわったのかもしれぬ」

「どういうことです……」

小女がやってきたので村垣は口をつぐみ、素麺を注文し、運ばれてきた茶を一息に飲みほしてから口を開いた。

「住職の応対が変わったのだ。うまく話したはずだが、警戒の素振りがある。口説きにしくじった。おそらくそうだ」

「まさか、前田家にあっしらのことが……」

三九郎は息を詰めた。

「いや、それはないはずだ。住職も馬鹿ではない。また内通されたとしても、前田家はへたに手出しはしてこないはずだ。おれの身に何かあれば、公儀は前田家を疑う。そのことを相手もわかっている」

「それじゃどうするんで……」

「妙立寺はあきらめるしかない。それで、おまえのほうはどうだ？」

「へえ、やっと屋敷を突き止めました」

「相手を間違ってはおらぬだろうな」

「間違いはないはずです。旦那から教えてもらった人相と、前田家の家臣からもそれとなく聞いておりますからね。それであの宮野という用人はいったい何をやったんで……」

「いまにわかる。……それにしても、上様の思い過ごしだったのかもしれぬ」

「どういうことで？」

「これまでの調べでわかったことだ。前田家にはなんら疑うところも、あやしい動きもない。もっともそうだと決めつけるのは早いが……」

村垣は扇子を広げてあおぎ、胸元に風を送り込むと、そのままじっと空の一点を見つめて黙り込んだ。

「旦那、そう難しい顔をしないでくださいな。こうもうちょっと……」

「なんだ」

厳しい顔でにらまれたので、三九郎はいえなんでもありませんと、自分の首の後ろをたたいた。

「お藤と佐久間さんはどうしてるんでしょう。今夜あたり旅籠にやってきますかね」

「さあ、どうかな」

「まさか、あの二人……」

三九郎はヘヘッと妙な笑いをした。

「お藤はいい女だし、佐久間の旦那もなかなかの男だし……乳くりあってるんじゃ……」

「馬鹿なことをいうな。このすけべが……」

「いやいや、わかりませんよ」

「おまえというやつは……」

村垣はあきれたように首を振ると、運ばれて来た素麺に取りかかった。

「これを食ったら宮野家に行く。家にいるのだな」

「城から戻ったばかりです」

「こうなったらぐずぐずしてはおれぬ。早速、宮野と話をする」

三九郎は村垣が素麺をすすり終えると案内に立った。

表は相も変わらずの炎天下である。北国街道から脇道に入り、三九郎はさっき通ったばかりの道を歩いた。町屋を抜けると、静かな武家地になる。人の姿を見ないのは、暑いせいなのか、それともいつもこのように閑散としているのかわからない。

「そこの家です」

三九郎は宮野家のそばで立ち止まって表門を指し示した。

「直截《ちょくせつ》に訪ねていくのですか……」

「そうする。家の者に顔を曝《さら》すことになるかもしれぬが、やむを得ぬ。おまえはここで待っておれ」

村垣が宮野家に足を進めると、三九郎は隣家の塀の下に移動した。青葉を茂らせている柿《かき》の木が陰を作っているのだ。

門前に立った村垣が訪《おとな》いの声をかけると、中間らしき男が顔を見せて、すぐに引っ込んだ。近くで見守る三九郎は、村垣の考えていることがよくわからない。しかし、公儀お庭番はあらゆる情報を出立前に仕入れているらしく、三九郎はたびたび驚かされている。

中間が屋敷に顔を引っ込めると、村垣が三九郎を見てうなずいた。目顔でうまくいきそうだという。

しばらくして別の男が現れたが、三九郎の場所から顔は見えない。村垣が声をひそめて短く話すと、男が慌てた様子で門の外に出てきて、扉を閉めた。

「それで貴公はどこの何者であるか？」

出てきたのは宮野征之助だった。村垣をにらむように見て、三九郎にも狼狽《うろた》えた顔を向けてきた。

「話がしたい」

「来客があるのでいまは無理だ」

「しからばいつがよかろうか。ことは重大ですぞ。宮野殿の出方次第で、拙者はどのようにも動く。悪くすれば、その首が飛ぶばかりではなく……」

「ま、待ってくれ。家ではまずい」

「ではどこがよかろう？」

「主計町《かずえまち》に陽月という茶屋がある。そこに来てもらえぬか」

「何刻に行けばよい？」

宮野は落ち着きなく視線を泳がしたあとで、

「暮れ六つ（午後六時）に待っている」

といった。

「ひとりで来るのだぞ。妙な考えを起こせば、あとは知らぬからな」

村垣は宮野をまっすぐ見つめて半ば脅すようにいった。

「供の者は連れてはいかぬ。約束だ」

「それじゃ暮れ六つだ」

村垣はさっと宮野に背を向けると、三九郎のほうに歩いてきた。

「旦那、いったいどういうことで……」

「果報は寝て待てだ。行くぞ」

村垣は答えにならないことをいってずんずん歩く。三九郎は一度宮野を振り返って、村垣を追いかけた。

第四章　女郎屋

一

冬場は炉を切ってある四畳半だが、夏場は畳をはめ込み、湯釜《ゆがま》を置いてある。もっとも湯は入っていない。違い棚のある床の間にも一輪の花を添えるが、花瓶には何も挿していなかった。ただ、一軸の山水画を掛けているだけだ。

にじり口から風が入っている。天井に近い明かり取りからも風が吹き込んでいる。だが、狭い茶室は蒸し風呂のように暑かった。

それでも宮野征之助はじっと座りつづけていた。いやおうなく噴き出す汗をぬぐおうともせず、ただ一点に目を凝らし、考えていた。

なぜなのだ……。あれはいったい何者だ。……横目か……。

考えは空回りするばかりだった。心の臓を鷲《わし》づかみされた気分である。胸の動悸《どうき》は収まるどころか、ますます高鳴っている。息苦しささえ覚えた。

訪ねてきたのは見たことのない男だった。連れの男にも見覚えはない。しかし、前田家には四千人あまりの家臣がいる。そのひとり一人を知っているわけではない。

だが、あのことを知っているのが不気味である。不気味だけですむならよいが、ことによるとこの首が飛ぶかもしれない。あの男もそんなことを口にした。自分ひとりの首が飛ぶだけならまだよいだろうが、そんな生ぬるいことではすまされないはずだ。

汗びっしょりなのに、宮野は寒気を覚えた。背筋に冷たい氷を入れられたように、ぶるっと体を震わせもした。

いったいどのように対処すればよいのだ。こんなことがあってはならぬと、必要以上に神経を尖《とが》らせ、気を配っていたのだが……。

そこで宮野は、はっとなって顔を上げた。まさかと思いながら、脳裏になるの顔を浮かべた。まさか、なるが……。と思うが、そんなことはないはずだ。

しかし、秘密の出所がわからない。にじり口へ飛び込んできた蟬《せみ》が、甲高く鳴いた。そのことで我に返った宮野は、とにかくうまくことを運ばなければならないと思った。

まずはあの男のことを知り……場合によっては……。

そのとき、庭のほうから中間《ちゅうげん》の声が聞こえてきた。

「旦那《だんな》さま、旦那さま……」

にじり口に中間の影が射した。

「なんだ？」

「勝野《かつの》さまがお見えです」

「座敷に通せ」

宮野はバシッと扇子《せんす》を膝《ひざ》に打ちつけて、腰をあげた。そのとき額から落ちた汗が、ぼとっと音を立て畳にしみを作った。畳に落ちた汗の音に、宮野は怖気《おぞけ》を震った。まるで自分の首が刎《は》ねられた音に聞こえたのだ。

二

落日の帯が浅野川を赤く染めていた。二人の男女が川端で染めた加賀友禅を流れから引きあげていた。

三九郎と村垣は川沿いの道を辿《たど》り、陽月という茶屋を見つけた。このあたりは、後年、妓楼を置く花町になるが、この時代は遊郭《ゆうかく》が禁止されていた。しかし、この禁令はたびたび破られるために、加賀前田家十二代斉広《なりなが》によってようやく許可が下りるが、それまでは月日を待たねばならない。

のちに東茶屋町、西茶屋町という遊郭街が出来るが、この時代にもそれらしき店は存在していた。東は卯辰山《うたつやま》下の愛宕界隈《かいわい》、西は犀川沿いの石坂界隈である。

陽月のある主計《かずえ》町には小店や料理屋があるが、それほど多くない。しかし、風光明《めい》媚《び》な浅野川に臨んでいるので小体《こてい》な料理屋が目立つ。どの料理屋も木虫籠《きむすこ》と呼ばれる京風の紅殻格子《べんがらごうし》の窓と戸を持っていた。

陽月は奥の勝手まで長い土間がつづいており、土間の両脇《りょうわき》に小上がりがあった。

「宮野という方が見えているはずだが……」

村垣が店の者に訊《たず》ねると、

「いらっしゃってます。どうぞお二階へ」

と、へいこらと年増女が腰を低くした。

「旦那、ずいぶん粋な店じゃないですか。こんな店で、好きな女に酌をしてもらって、こうしっぽりとやりたいもんですね」

「気楽なことをいうな。そんなことはあとだ。いまは大事なときなのだから口を慎め。

ともかくおまえはそばに控えているだけでよい」

固いことをいう村垣に、三九郎は蛸《たこ》のように唇をとがらせた。

二階には襖《ふすま》で仕切られた客座敷が四つあった。いずれの部屋も三畳だ。店の女は廊下を進み、一番奥の間の前で足を止めた。

「宮野さま、お連れさまがお見えになりました」

と、客間に声をかけた。こちらでございますといって、

「入ってくれ」

宮野の硬い声が返ってきた。

三九郎は村垣のあとにつづいて部屋に入り、隅に控えた。宮野は高脚膳《たかあしぜん》の前に厳しい顔つきで座っていた。

蚊遣《かや》りの煙が窓から入る風にたゆたっている。点《とも》された燭台《しょくだい》の明かりで、宮野の顔が紅潮しているように見えた。

「お女中、膳部と酒を運んできたら、あとは人払いだ。隣の間にも客を入れるな」

宮野は女中にいいつけると、まっすぐな眼差しを村垣に向けた。三九郎は足の親指をもぞもぞと動かして、二人がどんな話をするのかと興味津々《しんしん》である。

が、二人はしばらく口をつぐんだままにらみ合うように互いの目を見ていた。昼間

さんざん鳴いたであろう蝉が、また鳴いている。もっともその声は少なかったが、張りつめた客間の空気に割って入った。

「いったい貴公はどこの何者だ？」

たまりかねたように宮野が口を開いた。ふっと、村垣の口許に笑みが浮かぶ。

「あまり知らぬほうがよいと思うが……」

「む。……いきなり無礼なことをいってきおって。いったいなんの証拠があって、わたしを脅す」

「脅す……それは貴殿の受け取りようではないか。拙者は知っていることを口にしているまで……。だが、貴殿を責めようというのではない。拙者の相談に乗っていただければ、すべては忘れることにする」

「いったいなんの相談があると申す」

宮野は銚子《ちょうし》を持って盃についだが、手許が震えてカタカタと音が鳴った。

「前田家の動きを知りたい」

直截《ちょくせつ》にいった村垣の言葉に、宮野の顔があがった。

「貴殿はあろうことか、殿が江戸表に参勤の折、なるという奥向きの中臈《ちゅうろう》とよい仲になっている。相手は前田家当主である加賀守治脩《はるなが》さまの側室。露見すれば、ただではすむまい。それに、貴殿は加賀八家《かがはっか》の年寄《としより》である横山隆従《たかより》殿の御用人である。その隆従殿は体が思わしくない。家督はご長男の隆盛《たかもり》殿が継がれる話も出ている」

「……どこで、そのことを」

宮野は盃を宙に浮かしたまま目を瞠《みは》った。そのとき、階段に足音がした。二人は口をつぐんで、女中たちが膳部を調《ととの》えて下がるのを待った。

三九郎は自分の前に膳が並ばなかったことに落胆したが、村垣の手並みを間近で見るのは初めてなので、にわかな興奮を覚えていた。

酒肴《しゅこう》を運んできた女中が障子を閉めて、その足音が遠ざかり、やがて消えた。

「問題は……」

村垣は勿体《もったい》をつけたように、盃に酒を満たしながら言葉を切った。宮野はじっと村垣を見つめている。

「当主治脩侯の側室を手込めにしたことである」

「手込め……」

宮野は口をあんぐりと開けた。

「言葉が悪かった。互いに思い合ってのことだったとしても、非難の誹《そし》りは免れないのでないか」

村垣は酒を舐《な》め、ついで扇子を開いてぱたぱたと音をさせてあおいだ。宮野の顔から血の気が引いている。

「いったい……そのほうは横目であるか……」

「いかようにも取られるがよい」

「名は？」

「よろしい。これでは公平ではないだろう。拙者は公儀お庭番村垣重秀。加賀百万石である前田家に探りを入れにきた」

宮野は息を呑《の》んだまま地蔵のように固まった。

「……ご公儀の……それでわたしに何を……」

「側室なる殿と貴殿の間柄が露見すれば、貴殿の首はつながらないばかりか、妻や子を含めた家族や親戚《しんせき》筋までその累《るい》は及ぶ。当然、お家断絶。また、仕えている年寄格の横山家にも多大なる迷惑がかかる。貴殿が仕えている隆従殿は、学校惣《そう》奉行《ぶぎょう》となり明倫堂を立ち上げられたひとり。いわずもがな前田家の重臣である。その用人を務められる貴殿には加賀守治脩侯のお考えばかりでなく、重臣らの話も耳に入ってくるはず」

「…………」

「前田家がいまどのような政事《まつりごと》を進めているか、それを調べてもらいたい。もし、それがわかっていると申されるなら、ここでお聞かせ願いたい。それが拙者の相談でござる」

「な、何と……」

「断ることはできないはず。……いかがされる？」

核心の話を聞いた宮野は、刃で胸をぐさりと刺されたのも同じだった。

そばにいる三九郎は、村垣のやり方に感心しながらも、どこでそんな話を仕入れてきたのだと、いまさらながら驚いていた。また、妙立寺の住職にはどのような話をして、取り入ろうとしていたのか、それも知りたいと思った。とにかく、お庭番とは恐ろしい役目であると、いまさらながら思い知った。

「いますぐにとは申さぬ。一日待つ」

「一日……」

宮野の声が裏返った。

「一日もあれば十分であろう。何も面倒な手つづきなどいらぬはず。貴殿の役格と役目からいって、登城すれば拙者の知りたいことなどすぐにわかるはず。ただし……」

「何だ」

「誤魔化しはならぬ。のちに聞いた話が嘘《うそ》だとわかれば、やはり御身《おんみ》は安泰ではないということだ」

村垣は冷え冷えとした目で宮野をにらみ、盃をほした。

「明後日話を伺う。そうだな、この店は気に入った。明後日の同じ時刻にこの店で会いたい。よかろうな」

宮野の額には粟粒《あわつぶ》のような汗が浮かんでいた。

「わ、わかった」

三

「旦那、見事といいますか、驚きですよ。どこでさっきの話を知ったんです」

宮野が席を蹴立《けた》てるようにして客座敷を出ていくと、三九郎は膝をすって村垣に近づいた。

「おまえにも話せぬことはある。だが、これは最後の手段なのだ。賭《か》けでもある。宮野が翻意しなければ、ことはうまくいくのだが、向こうも前田家重臣の用人。どんな手を打つかわからぬ」

「手とは……」

「もみ消しの画策だ。宮野にもそのぐらいの力はあるはずだ。だが、さっきの狼狽《ろうばい》ぶりを見れば、そうは簡単にはいかないだろう」

「……なるほど。それにしてもこの膳を見てください。あの男、何も手をつけずに帰っていきましたよ」

膳部には、鯛《たい》の唐蒸し、鮎《あゆ》の塩焼き、香の物、和《あ》え物、吸い物などが並んでいた。

三九郎がもったいないと箸《はし》をつかむと、

「三九郎、つまみ食いをしている場合ではない。宮野が先に出たのが気になる」

と、村垣が諫《いさ》めた。

「と、いいますと……」

「いいから出るのだ」

村垣は差料《さしりょう》を引き寄せた。

一階に下りると、宮野が店を出てどっちに行ったかを女中に訊ねた。

「左のほうに行かれましたが……」

「さようか」

村垣はそのまま宮野が去ったという道を辿るように歩いた。外はすでに日が暮れていた。空には星が散らばり、月が浮いている。闇《やみ》はまだ濃くはない。

少し先に提灯《ちょうちん》の明かりがあったが、さっと隠れるように左の小道に消えていった。

三九郎は眉《まゆ》をひそめた。

「……見たか」

村垣が緊張した声を漏らした。

「へえ」

「行ってみよう」

周囲の気配に耳目を凝らしながら、二人は足を進め、提灯の消えた小道に入った。

細い道だった。すぐ先に短い坂があり、その上に巨木が影を落とし、深い闇を作っていた。

人の気配はない。暗がりの坂を上ってゆくと、そこは神社の境内だった。

さっと、黒い影が動いたのは、境内に入ってすぐのことだ。三九郎が横に飛んで、刀を抜けば、村垣も刀を鞘走《さやばし》らせていた。

黒い影は二人に隙《すき》を与えるのを嫌うように、撃ちかかってきた。三九郎は相手の刀をすりあげて、横にかわすと、すかさず上段から刀を袈裟懸《けさが》けに振った。

ガチッ。

硬質な音がして、火花が散った。相手は一間《けん》ほど下がって、肩で荒い息をした。

「何やっ！」

三九郎は誰何《すいか》すると、手につばを吐いて、脇構えになった。村垣がひとりの男の背に太刀を浴びせたところだった。

「うぐっ」

斬《き》られた男はたたらを踏んで、その場に倒れた。

その直後、背後から襲いかかる影があったが、三九郎は前から撃ち込んできた男の斬撃《ざんげき》をかわさなければならなかった。腰を落とし、刃風をうならせる敵の一撃を紙一重でかわすと、そのまま土手っ腹に突きを見舞った。

「ぐへっ……」

敵の体が二つに折れて倒れる寸前、三九郎は突き入れた刀を引き抜いていた。そのとき、すでに村垣はもうひとりを倒していた。

「村垣さん……」

三九郎の声に、村垣は応じなかった。周囲の闇に目を凝らして、

「宮野殿、どこにいる？」

と、闇のなかに声をかけた。

「ちょこざいに謀《はか》り事などしおって……。先に息の根を止めようとしても、しょせんこんなものだ。約束を違《たが》えるな。それが長生きの秘訣《ひけつ》だ」

三九郎もあちこちを見まわしていたが、人影はなかった。ただ濃い闇があるだけである。本堂の隅に提灯の明かりがあったが、それは襲ってきた曲者《くせもの》たちの持ち物のようだ。

ざざっと、境内にある樅《もみ》の木の枝葉が風に揺れた。そのとき、参道を逃げるように駆けていく人の影が見えた。宮野だったようだ。

「旦那、追わなくていいんですか」

「放っておけ。やつはしくじった。残る道はひとつしかないはずだ」

村垣は懐紙で刀をぬぐって、鞘に納めた。

「それじゃどうします？」

「旅籠《はたご》に帰る」

「それじゃ一杯やれますね」

「…………」

「佐久間の旦那も来ているかもしれない」

陽気にいう三九郎だが、やはり村垣は無言だった。そのまま境内を抜けて、町屋の通りに向かった。

四

同刻――。

音次郎とお藤は五兵衛の案内で、石坂町にある鶴亀《つるかめ》という店を訪ねたばかりだった。

鶴亀は五兵衛の従妹であるおせいが身売りされた店だ。要するに女郎屋である。だが、前田家は遊女屋を禁止しているので、表だった店ではない。知る者ぞ知るといった日陰の店である。もっとも前田家もこのような店を把握しているのではあるが、大きな問題がなければ、知って知らぬ顔を通している。

「おせいには会えませんでしたね」

提灯を下げた五兵衛が情けない声を漏らす。

「話ができなかったのだ。慌てることはない」

「しかし半刻後に来るように店の者はいいましたが、信用していいものかどうか

……」

「五兵衛さん、店主と話ができなければ前に進まないのですよ。勝手に焦ってもどう

しようもないではありませんか」

お藤が宥《なだ》めるようにいった。

「それはそうでしょうが……」

音次郎は立ち止まってまわりを見た。そこは犀川の左岸にある小さな町で、明かりは少ない。樽屋《たるや》と桶屋《おけや》の看板が星明かりに浮かんでいる。

「ここは妙立寺の近くではありませんか」

お藤が五兵衛に問うた。

「妙立寺はよく知りませんが、寺町はすぐそばです」

五兵衛の返事を聞いたお藤は、音次郎に顔を向けて声をひそめた。

「村垣さんは妙立寺に……」

「うむ」

音次郎にはお藤のいわんとすることがわかった。行ってみるかと言葉を足す。五兵衛がどこへ行くのだと訊ねる。

「知り合いがある寺に行っているはずなのだ。いるかどうかはわからぬが……」

この辺の地理には、先に金沢城下に入ったお藤のほうが明るかった。音次郎は記憶を頼りに歩くお藤にしたがった。

「いまごろ寺を訪ねても、もういらっしゃらないのでは……」

五兵衛が怪訝《けげん》そうに首をかしげていう。

「暇つぶしだと思えばいい。どうせ、やることはないのだ」

そう嘯《うそぶ》く音次郎は、村垣がどこまで調べを進めているか気になっていた。宮腰《みやのこし》にはとくに変わった様子はないし、組合頭を務める五兵衛も普段と変わりはないという。その言葉に嘘《うそ》は感じられないし、宮腰の港や町にもとくに慌ただしさはなかった。それに特別な動きがあるとすれば、役人の姿が目立つはずだが、五兵衛は役人もいつもと同じだという。考えられることは、前田家の政策がまだ固まっていないのか、それとも宮腰方面への手配りが遅れているということだ。

いずれにしろ、このことを村垣に伝えなければならない。

「そこです」

お藤が立ち止まって、音次郎を振り返った。寺町の通りには人の姿が絶えている。さっきから誰とも会わないし、提灯の明かりさえ見なかった。

妙立寺の門前に立った音次郎は、正面の本堂を眺めた。決して大きな寺ではない。屋根に設けられた望楼が闇夜に浮かびあがっている。本堂の左にあるのが庫裡《くり》らしく、障子越しにあわい明かりが見えるが、人影はない。松や桜の木のある庭越しに見える縁側の雨戸は、開け放されたままだ。

音次郎は境内から視線を通りに移した。三九郎がいないかと捜すが、その気配はない。もう一度本堂に目を向けた。とくに気になることはなかった。

ただ、この寺が歴代加賀前田家の当主の祈願所だというのが不思議だった。しかし、音次郎の知らない仕掛けが、この寺には施されている。

屋根の上にある望楼は、見張り所の役目をしていたし、本堂を上がったすぐの賽銭《さいせん》箱は落とし穴になっている。また武者隠しが作られ、上の階と下の階をつなぐ階段の裏には、隠し階段が作られていた。その構造は複雑で巧妙である。

現代においては忍者寺などという呼称で、観光地のひとつになっているが、決して忍者がいたわけではない。

「どうしましょう」

お藤が聞いてきた。

「一回りしてさっきの店に戻ろう」

三人はそのまま犀川の畔《ほとり》まで足を進めて時間をつぶした。昼間は酷暑だったが、夜になれば川風が幾分涼しく感じられ、汗が引いた。

「遅くなるようだが、五兵衛はいかがする？」

音次郎は呼び捨てて五兵衛を見た。

「わたしのことはご心配いりません。その気になれば、歩いても帰ることもできますし、知った家もありますから、どうぞお気遣いなく」

「さようか……」

応じた音次郎は川沿いに足を進めた。

約束には少し早かったが、音次郎は再訪した。

何の変哲もない店である。格子戸の横に、小さな軒行灯《のきあんどん》がつけられているだけで、注意しなければ、見過ごしてしまうような店だ。当然、裏商売をやっている店だから看板も何もない。

店の戸を開けると、狭い帳場に座った年増女が、値踏みするような目を向けてきた。

「さっきの人ですね。お待ちを」

女は嗄《しゃが》れた声でいって、帳場の奥に姿を消した。

帳場の先に二階につづく階段がある。壁に常夜灯は点っているが、店のなかはいたって暗い。女郎屋特有の湿っぽさも感じられた。

ほどなく女が戻ってきた。

「こちらにお上がりください」

音次郎は案内を受けて、帳場裏の小さな座敷に通された。お藤もいっしょである。五兵衛は外に待たせておいた。

通された座敷には、麻を着流した男が煙管《きせる》を吸いながら待っていた。縁側は開け放されており、庭に置かれた灯籠《とうろう》に蠟燭《ろうそく》が点っていた。縁の下で虫が鳴いていた。

「おせいのことで話があるそうですが、すでにその件は片がついております」

男は口を開くなりそういった。音次郎を凝視した目が、お藤に向けられた。女を品定めする嫌らしい目つきである。

「そのほうがこの店の主なのだな」

「へえ、さようで……。伊左吉《いさきち》と申しますが、どうせ銭屋に頼まれてきたんでしょう。五兵衛の若造はしつこい」

「二十両でおせいを買ったそうだが、身請けするには百両がいるそうな」

「あたりめえだ。ところで、あんたどこの者だい？　前田家の人かい……」

図太い男だ。

「そうではない。名乗るほどの者ではないが、佐久間と申す」

「そちらはお内儀で……面白いことを……」

伊左吉は煙管の灰を落として、吸い口で鼻の脇をかいた。脂ぎった小太りの中年だった。

「何が面白いと申す」

音次郎は目を険しくした。こういった男には、馬鹿にされたくない。

「おせいの親の代わりに、侍夫婦がやってくるってことですよ。ですが、佐久間さんとおっしゃいましたか、証文はかわしてあるんです。金も払ってある。金を返すから娘も返してくれというのは虫がよすぎるというもんだ」

「その相談に来たのだ」

伊左吉は音次郎の話を遮《さえぎ》るように、手にした扇子を目の前に上げた。

「おせいはうちの女になった。もっともまだ客の取れるような体じゃないので、何もさせちゃいないが、いずれ稼ぐ女になる。日に二、三十両は固いだろう。京に出せば、もっと稼げる女になる。京に連れて行って売れば、百両は固い。他人の手に渡した女を、そちらの都合で取り戻したいというのはどうにも感心できねえ話だ」

人を見下したものいいに、音次郎は腹が立った。静かに湧き上がる怒りを抑えるのに苦労した。だが、いつにない鋭い眼光は伊左吉の目をとらえて離さない。しかし、伊左吉も女郎屋の主として肝が据わっているのか、物怖じしない。

「しからば、百両の金を揃《そろ》えればおせいを返してくれると申すか」

「そりゃ……まあ、金が揃ってからの話だ」

「百両が揃わなければどうなる」

「話はなかったということです。わかりきったことでしょう」

「人には情けというのがある。傾城屋《けいせいや》も同じ人間、情けがないわけではなかろう」

「下手な情けなどいらぬのがこの商売。説教など聞きたくもありませんぜ」

音次郎はさらに強く伊左吉をにらんだ。この男は下衆《げす》の下衆だ。もっとも音次郎が忌諱《きい》する類の人間だった。

「何があっても、おせいは返してくれぬと申すか……」

「金次第ですよ。返してほしけりゃ金を都合することだ。それができなきゃ、二度とこの店の敷居はまたいでほしくありませんね。この商売、女は金のなる木なんですぜ。ええ、佐久間さん。男だったら、そんなことわかり切ったことでしょうが……」

音次郎は拳《こぶし》を固めた。このまま斬り捨ててやりたくなった。だが、内心の怒りは努めて表情には出さなかった。

「そのほうの考えはわかった。出直すことにする」

「どうぞお好きに。ですが、金がなけりゃ話になりませんよ」

「……わきまえておく。ところで、おせいに会えぬか」

伊左吉はゆっくり首を振った。

「今夜は無理です。会わすことはできません」

「何故？」

「佐久間さん、あんたが親なら少しは考えるかもしれねえが、あんたは銭屋の使いにすぎない。つまるところ、おせいとのつながりも何もない人間だ。わたしゃこれでもおせいの親代わりだ。軽はずみなこと……」

伊左吉の声が途切れた。

たまりかねた音次郎が、素早く脇差しを抜いて、刃先を喉元《のどもと》に突きつけたからだった。伊左吉の顔から余裕が消えた。

「勝手にほざくな。とにかくおまえの考えはわかった。出直すことにするが、おせいは返してもらう。わかったな」

「………」

伊左吉は何もいわず、ぎらつく目で音次郎をにらんだ。

五

「やはり、金ですか……」

音次郎の話を聞いた五兵衛はがっくりうなだれた。

「よりによってひどい男のもとに……。わたしはそばで聞いていて腹が立って腹が立って……」

お藤は悔しそうに手拭《てぬぐ》いをねじった。

「腹が立ったのはおれも同じだ。だが、どうにかしなければならぬ。あのような男は許せぬ。おそらくもっとあくどいことをしているのだろう」

音次郎たちは犀川大橋を渡っているところだった。

「これは噂《うわさ》ですから嘘かまことかわかりませんが、店で使えなくなった女は、病気になったという理由をつけて闇に葬っているそうなんです」

音次郎の隣を歩く五兵衛がそんなことをいった。

「不要になったから殺してしまうということか……」

「実際、店で病気になった女はいつの間にかいなくなるそうなんです。その女目当てに来た客には、里に帰したというらしいのですが、六斗林《ろくとばやし》に埋められていた女郎の死体を見つけた百姓や、鶴来《つるぎ》往来《おうらい》の路端《みちばた》で殺されている女郎を見つけた旅人もいるといいます」

「あの男ならやりかねないわね」

お藤は憤慨した顔でうなずく。

「鶴来往来とは……」

音次郎が聞いた。

「金沢と鶴来宿をつなぐ街道があります。北国街道より山側にある道です」

「死体で見つかった女郎の話はいつのことだ？」

「わたしが聞いたのは二年ほど前です」

「最近そんなことは？」

五兵衛は首を横に振った。

「近ごろの話なら……」

つぶやいた音次郎は立ち止まった。川南町《かわみなみ》に入ったところだった。北のほうの高台に黒い森が見える。天守閣のない金沢城だ。月明かりに浮かぶ白壁の櫓《やぐら》がなければ、小高い丘にしか見えないだろう。

その暗い森を見ながら、音次郎は考えつづけた。

「どうしました……」

気になったお藤が音次郎を回りこむようにして聞いた。

「伊左吉の悪事を暴けば、おせいを取り戻すことができるかもしれぬ」

「しかし、そんなことをどうやって……」

音次郎は五兵衛を見た。

「五兵衛、伊左吉のことを調べることはできないか？」

「わたしが、でございますか？」

「おせいを取り返したいなら、知恵を働かせるのだ」

五兵衛は腕を組んだ。利発な男だから何か考えてくれるはずと、音次郎は思っていた。案の定、しばらくすると、

「それなら」

と、音次郎を見た。

「城下には何軒か、わたしの店を贔屓《ひいき》にしてくれている商家があります。そのなかに鶴亀に出入りしている者がいるかもしれません」

「調べてくれ」

「わかりました」

五兵衛は目を輝かした。

「わたしたちは橋場町にある飛騨屋という旅籠に泊まっておる。明日来てくれるか」

「飛騨屋でございますね」

「うむ」

「五兵衛さんは今夜はどうなさるの？」

お藤が五兵衛を見た。

「こうなったからにはしばらく城下に留まることにします。仕事はわたしがいなくてもなんとかなるはずです。親父は隠居の身ですが、実際に店を仕切っているのは親父ですから……」

「それで、宿はどうなさるの？」

「ご心配無用です。懇意にしている店もあります。夜露はどうにでもしのげます。それより佐久間さま、本当によろしくお願いいたします」

五兵衛は膝に手をついて頭を下げた。

「乗りかかった舟だ。このまま金沢を去ることはできぬ」

「そういっていただけるとありがたいです。明日の昼前には、旅籠を訪ねることにします」

「待っている」

六

浅香新五郎は西町口門より北へ走る博労町《ばくろまち》の通りを歩いていた。他の町に比べると落ち着いた通りである。金物屋に米問屋、材木問屋などの大店《おおだな》が多い。

そのなかで目を惹《ひ》くのが、菓子屋吉蔵《よしぞう》家の店構えである。歴代前田家当主の御用達店で、看板は金箔《きんぱく》で塗られ、菓子と書かれた旗と幟《のぼり》は鮮やかな白と青である。

ただし、その鮮やかさも昨日とは打って変わっての曇り空の下では、いささか覇気がない。店の前に立つ手代が、額に手をかざしてその空を見あげていた。

城下はどんよりした雲に覆われていた。一雨《ひとあめ》来そうな気配だ。

新五郎は胸の内でぶつぶつと、呪詛《じゅそ》のような繰り言を繰り返していた。こんな町でどうやって公儀お庭番を捜せというのだ。半兵衛は手掛かりを持ってくるといっておきながら、愚にもつかぬことばかりぬかしおって。何が内密な役目だ。こんなことなら、まだ横目の仕事のほうが楽だった。まるで霞《かすみ》をつかむようなことばかりだ。

ええい、腹が立つと、小石を蹴った。小石は伝馬《てんま》役所の置かれている竹屋《たけや》家の壁にあたって、小さな音を立てた。それに気づいた役所詰めの侍が、新五郎をにらんだ。新五郎は知らぬふうを装って歩く。深編笠《ふかあみがさ》で顔を隠しているので、自分の顔は相手からは見られない。笠に隠れている顔には、さっきから汗が流れていた。

晴れれば暑い、曇っても暑い。それにうるさいほどの蟬時雨《せみしぐれ》。

腐っている新五郎には何もかもが腹立たしかった。だが、申しつけられた役目を投げだすことはできない。こうなると、やはり頼りになるのは、かぶいている助九郎たちである。新五郎はすでに助九郎に探索の協力を要請していた。

そのための費用は、半兵衛に取り次いでもらいさっき受け取ったばかりである。懐には余裕はあるが、お庭番の尻尾《しっぽ》もつかめていない。半兵衛は手掛かりを探しているというだけで、あまりあてにはできない。

だから、新五郎は助九郎のもとに向かっているのだった。

惣構堀《そうがまえぼり》に架かる枯木橋を渡る。堀はどんより曇った雲を映していた。橋を渡ると橋場町である。そのまま浅野川大橋を渡って右に折れ、今度は川沿いに歩く。葦簀《よしず》張りの露店が並んでおり、呼び込みがさかんに声をかけてくるが、新五郎は歯牙《しが》にもかけず歩く。

観音院のそばに古びた小さなしもた屋があった。背後は竹藪《たけやぶ》で蚊の多いところだが、そこが助九郎のねぐらだった。大根畑の脇を通って、小さな庭に入る。あちこちに草の生えた藁《わら》葺《ぶ》きの屋根には小石が載せてあった。

「やあ、旦那」

縁側から坊主頭になった助九郎が声をかけてきた。胸元を大きく広げ、団扇《うちわ》をあおいでいる。

「おれの相談したことはちゃんとやっているだろうな」

「へへ、旦那の頼みとあれば遊んじゃいませんよ」

「それにしては悠長な面をしている」

新五郎は縁側に腰掛けた。助九郎も隣にあぐらをかいて座った。

「一雨来そうですね。まあ降ってもらいたいもんです」

助九郎はのんびりしたことをいって、自慢の長煙管に煙草を詰めた。

「他のやつはどうした？」

「だから旦那にいわれたことをやっているんです。あちこち聞きまわっていますよ」

「それは感心だ」

「それより……」

助九郎がにやついて新五郎を見た。ぷかりとつけたばかりの煙管を吹かして、掌《てのひら》を差しだした。

「抜け目のない野郎だ」

「そりゃないでしょ。遊びじゃないんですぜ。旦那の仕事の助働《すけばたら》きじゃありませんか」

「わかっておる」

新五郎は懐に手を差し入れて、小判を指先で探りながら、いくら渡せばよいかと思案する。助九郎が足許を見るのは承知している。この辺は駆け引きがいった。

「……まずは五両渡しておこう」

助九郎の手に金を載せてやった。

「へへ、旦那。色をつけてくれませんか」

「当面はそれで間に合うはずだ。おまえの仲間は三人ではないか」

「必要とあらば、他にも動かしますよ」

新五郎は助九郎を眺めた。人を食った顔でにたにた笑って、煙管を吹かす。

「……何人集められる」

「五人でも十人でも……」

「信用のおけるやつなのだろうな」

「旦那のことはしゃべりませんよ」

新五郎は自分が城下に戻ってきたことは内密だと、釘《くぎ》を刺していた。人は多いに越したことはないが、まだその時機ではないし、人が増えればそれだけ秘密は漏れやすくなる。

「……旦那、もうちょい色を」

「おれも苦しいのだ。無理をいうな。だが、何か種を拾ってきたら、考える」

「けっ、旦那も江戸に行って締まり屋になりましたか」

「そういうことではない。それより喉が渇いた。何か飲ませてくれぬか」

「丁度いいのがあります」

助九郎は縁側の縁に、煙管をコンとたたきつけて立ちあがった。

「西瓜《すいか》があるんです。食いましょう」

助九郎は井戸につけていた西瓜を持って戻ってきた。腰の小刀で四つに割ると、ほどよく熟した赤い実が現れた。

二人は種を飛ばしながら、西瓜を食うことに専念した。

「その頭はどうしたのだ？」

気になっていることを聞くと、助九郎は顔をしかめた。

「妙な旅人がいましてね。そいつの財布をちょいと戴《いただ》くつもりだったんですがしけた野郎でして、ついでに仲間をおびき寄せて強請《ゆす》るつもりだったんですが……」

助九郎はそのときのことを苦々しい顔で話した。

「今度会ったらただじゃおかねえつもりですが、もう金沢にはいないでしょう。思い出すと腹が立つ。一応捜すには捜したんですがねえ」

くそッと、吐き捨てて助九郎は西瓜の種を飛ばした。

「そやつらは、江戸から来たのだな」

話を聞いた新五郎は囓《かじ》りかけの西瓜を持ったまま、助九郎を見つめた。

「へえ、そういってました。ですが、おれの髷《まげ》を切ったやつはなかなか腕が立ちます」

「四人の仲間が斬られたのだな」

「だから勘弁ならねえんです。だけど、よそ者ですから捜しようがないんです」

「おまえが攫《さら》った男は村垣というのだな」

「そうです」

「江戸から来た……」

新五郎は遠くの空を眺めた。

鼠《ねずみ》色をした雲の下で鳶《とび》が舞っていた。村垣という男とその連れがお庭番だとしたら……。しかし、女連れというのが気になるし、お庭番は単独で行動するのが常だ。新五郎はそう聞いている。

「気になるやつらだな……。そやつらの行き先はわからぬか」

「わかってりゃ、とっくに追いつめて土手っ腹かっ捌《さば》いてやってますよ」

「ふむ……」

新五郎は半兵衛に会って、村垣という男のことを伝えようと思った。お庭番の名はわかっていないが、何か知っているかもしれない。

弁太郎という助九郎の子分がやってきたのは、それからすぐのことだった。新五郎を見ると、面白いことが聞けましたという。

「面白いこと……」

「へえ、昨夜のことです。石坂《いっさか》の鶴亀に佐久間と名乗る夫婦者が来て、伊左吉さんを脅して帰ったというんです」

「伊左吉さんを……どうして脅されたんだ？」

聞いたのは助九郎だった。

「何でも宮腰から来た女郎を返せといったらしいんです。どうやら宮腰の銭屋って店に頼まれているようです」

「佐久間といったのだな……」

つぶやいたのは新五郎である。

銭屋の使いで夫婦者。お庭番のするような仕事ではないが、何かが引っかかった。

こういったとき、横目をやっていた新五郎には、妙な勘がはたらく。

もし、その夫婦者が助九郎が脅した村垣という男の仲間ならかなりあやしい。あやしいが、公儀お庭番のことを考えると、どうも脇道にそれているようだし、女連れというのが気に食わない。

「旦那、どうしました？」

新五郎が眉間《みけん》にしわを寄せて考えていると、助九郎が顔をのぞき込むように見てきた。

「念のために、その夫婦者に会ってみたいが、どこにいるかわかるか？」

「それはわかりません。銭屋の使いだとしたら銭屋でしょ」

新五郎は唇を舐《な》めて遠くを見た。

「横目の役目はいろいろ大変ですね」

弁太郎が丸い狸顔《たぬきがお》を向けた。新五郎は今回も横目の仕事だといっている。以前、横目をやっているとき手伝ってもらい手柄を立てたことを話せば、この男たちが吹っかけてくるのは目に見えているから、いまも横目だと思わせておくのが得策だった。

新五郎は助九郎と弁太郎に顔を戻すと、静かにいった。

「その夫婦者を捜そう」

「だったら宮腰に行かなきゃなりませんぜ」

助九郎が腕に止まった蚊をたたきつぶしていった。

「これから行くのだ」

七

飛驒屋の隣は太物問屋《ふとものとい や》と紙合羽屋《かみがっぱや》で、向かいには味噌問屋《みそどいや》があった。店の間口は狭いが、奥行きがあった。音次郎たちは村垣の部屋に集まっていた。

昨夜は昼間の疲れがひどく、飛驒屋に入るなり、それぞれの客間に引き取って寝込んでしまったので、今朝になって互いのことを話したところだった。

「しかし、わからぬことがあります。こういうことになるなら妙立寺を訪ねる前に、宮野征之助を責めたほうが早かったのではありませんか」

音次郎はお藤から湯呑みを受け取って、村垣を見た。

「そうしたいところだったが、宮野のことは真偽定かではなかったのだ。まったくの出鱈目《でたらめ》だと一笑に付されたらそれまでだった」

「しかし、宮野は側室との関係を認めたわけです」

「いかにもそうだが、おれも宮野と側室なるが関係しているという、確たる証拠を持っていたわけではない。曖昧《あいまい》な種《たね》（情報）だったのだ」

「だから、妙立寺に……」

これはお藤だった。

村垣はお上から得た情報は自分の胸にしまい、信用のおける仲間といえども、滅多なことでは口外しない。だから、お藤も三九郎も妙立寺と宮野のことは何も知らなかったのである。

「妙立寺の住職は、治脩侯の相談相手だ。前田家の主だった者はよく知っていることであるし、上様の耳にも届いている。その住職を口説くのは難しくはなかった。おれが江戸留守居《るすい》役の使いだといえば、あっさり信用してくれた。ところが、思いもよらずあのかぶき者たちの邪魔があって、住職に暇を与えたのが裏目に出たのだ。おそらく住職は前田家の重臣か、治脩侯本人と連絡を取ったのだろう。こうなると、いかんともしがたい」

「それでは、村垣さんのことは大いにあやしまれているのでは……」

お藤は目を瞠った。

「当然だ。おそらく前田家は密偵を城下に放っておれを捜しているかもしれぬ。だから、宮野にも一日の猶予しか与えなかったのだ。それで宮腰に変わったことはないということだが……」

村垣は団扇をあおぎながら、音次郎とお藤を交互に見た。

「ひょんなことで、町の組頭をやっている五兵衛なる男と知り合い、その者からも異変はないと聞いております。他の町の者たちも普段と変わらないと申します」

答えたのは音次郎だった。

「五兵衛という男は信用できるのだな」

「嘘をつくような男ではありません。昼ごろにこの旅籠に来ることになってもいます」

「何をしに……」

「相談を受けたことがあるんです」

「どんな？」

音次郎は一度お藤を見てから、女郎屋に売られたおせいのことと、伊左吉という女郎屋の主のことを罵《ののし》るように話した。

「役目から外れたことは無用だ」

「放っておけと申されますか」

「佐久間、おぬしは何のためにここにいるのだ。それを考えれば自ずとわかることであろう」

「よくわきまえておりますが、放ってはおけません」

村垣は渋面を作って、しばらく黙り込んだ。

「村垣さん、佐久間さんは何もかも村垣さんの考えにしたがわなくてもよいのではありませんか」

お藤だった。村垣は意外だったらしく、

「なに……」

と、あおいでいた団扇を止めて、お藤をにらんだ。

「役目を果たすために、佐久間さんは佐久間さんなりの考えで動いてよいと、村垣さんはおっしゃったではありませんか……」

「おれがそのようなことを申したか」

「おっしゃいました」

「わたしもいっておきましょう。村垣さんの考えだけに縛られたくはない」

「きさま……そんなことを……」

　村垣は頰を紅潮させた。

「まあまあ、そんなことをここで話してもはじまらないでしょう。とりあえず、うまくいきそうなんですからいいじゃありませんか。固いことはいいっこなしってことで……」

　仲を取り持つようにいった三九郎は、「ね、ねっ、ねっ」と、音次郎と村垣を交互に見て、二人の肩をたたいた。

「よかろう、おまえの考えがあるなら、そうしてもかまわぬ。どうせ、明日まではやることはないのだ」

　村垣は不平そうな顔でいうと、ごろりと横になった。

　気まずい空気になったので、音次郎は自分の客間に引き取った。

　それからしばらくして五兵衛がやってきた。

「鶴亀のことですが、うまいことに出入りの青物屋と酒屋がおりました。そこの者に頼んでおきましたので、今日明日にも何かわかると思います」

五兵衛は音次郎の前に座るなりそんなことをいった。

「あてにしてよいのだな」

「他に手立てがありませんので……」

「そうだな」

そこへお藤がやってきた。

「鶴亀に出入りしている者が、店のことを聞き出してくれるそうだ」

「何とかなりますでしょうか」

「やるだけのことをやるしかない。それで五兵衛、これからいかがする?」

音次郎は五兵衛を見た。

「わたしは一度宮腰に戻り、金を都合したいと思います」

「百両を……」

「おせいのためです。それで相手が首を縦に振ってくれるかどうかわかりませんが、工面だけはしておこうと……」

「さようか」

音次郎は目の前を飛んで、壁に張りついた蠅《はえ》を見た。今日はとくにやることはない。

それに、村垣が宮野征之助に会うのは明日だ。

「五兵衛、わたしも宮腰に行こう。おせいの親と一度話をしておきたい」

「それじゃわたしも……」

お藤が一膝進めていったが、音次郎は首を振った。

「わたしひとりで十分だ。ここで待っていてくれぬか」

「でも……」

「そうしてくれ」

音次郎が遮るようにいうと、お藤はしかたない顔をして折れた。音次郎としては連れていってもよいのだが、いっしょにいるとどうも心が騒ぎ、落ち着かない。留守を預からせているきぬにも後ろめたさを感じる。

音次郎とて男である。一度危うい関係になってしまっては、これまでのような接し方はできない。他人に悟られない顔をしているが、それもお藤の出方次第で、脆《もろ》くも崩れるのではないかと、自分のことを危惧《きぐ》しているのであった。

「それでは五兵衛、ゆっくりはしておれぬ。そうと決まったら早速にも……」

音次郎は差料をつかんだ。

第五章　遠雷

一

新五郎について宮腰に向かう助九郎たちは、城下からほどない藤江《ふじえ》村の茶店で一服つけていた。茶店の前の宮腰往来を、荷馬や大八車が通っている。空は曇っているが、乾いた地面は風が吹けば土埃《つちぼこり》を立てていた。

「助九郎、銭屋はどんな商売をやっているのか知っているのか？」

「……さあ、よくはわかりません。行けばわかるでしょう」

気のないことをいう助九郎は、曇った空を見ながら、宮腰に行くのは新五郎にまかせ、自分は石坂《いっさか》の鶴亀を訪ねてみようかと思っていた。この時刻なら、主の伊左吉も起きているはずだ。夫婦者のことを自分の耳で聞きたいと思っていた。

「雨にたたられぬうちにまいるか」

新五郎が編笠《あみがさ》をつかんで腰をあげると、

「ちょいと旦那《だんな》」

と、助九郎は声をかけた。

「おれは夫婦者が来たという鶴亀に行って話を聞いてきましょうか。どうせ、旦那も行くことになるんでしょうが、ここはいっしょに動くより別れてやったほうが手間が省けるんじゃ……」

新五郎はしばらく考えるように通りを眺めてから、助九郎に顔を戻した。

「いいだろう。そうしてくれるか」

「それで、どこで待ち合わせます？」

「宮腰に行ってすぐに用が終わるとは思えぬ。帰りは夕刻になるだろうから……」

「それじゃ近江《おうみ》町の三杯屋ではいかがです。あの店だと目立たないし、人に話を聞かれる心配もありません」

「よかろう。おそらく暮れ六つ（午後六時）前には行けると思う」

「それじゃそういうことで……」

助九郎は弁太郎を残させて、子分の伊助と仙助を連れてゆく新五郎を見送ると、城下に後戻りした。

「兄貴よ、伊左吉さんからも仕事をいただけるんじゃねえかねえ」

弁太郎が物欲しげな狸顔を向けてきた。

「……そういやしばらく声をかけてもらってねえな」

「前の仕事を片づけたのはもう一月以上前ですぜ……」

「そうなるか……」

助九郎は鉛色の雲を見あげた。派手な着物姿は変わらないが、髷《まげ》を結えない坊主頭なので、頬被《ほおかむ》りをしていた。

「雨が降りゃいくらか涼しくなるだろうが、雨には濡《ぬ》れたくないな。それにしても身過ぎ世過ぎも大変になってきた。浅香の旦那に会ったのはよかったが……」

助九郎は懐手をした手を薄い財布に伸ばした。新五郎からもらった金はあるが、それでも懐は侘《わ》びしかった。茶屋町で脅した女郎買いがいるが、みなしけた者ばかりだった。なんだかこれまでのツキが、村垣という男を脅したことで逃げたような気がしてならない。

助九郎は城下に向かいながらそんなことを考えていた。

石坂にある鶴亀に向かうために近道をした。鞍月《くらつき》用水の流れる武家地を抜け、新竪《しんたて》町の表通りに出たのだ。どんよりした空なので、町屋もいつになく沈んで見える。蟬《せみ》の声もおとなしく感じられた。

商家の屋根越しに見える城の森もくすんでいる。その城の櫓《やぐら》の向こうにある卯辰山《うたつやま》もぼやけている。こりゃいよいよ雨が降るなと思ったら、遠くから雷の音が聞こえてきた。

犀川大橋を渡ると、頰をぽつんと雨がたたき、被っている手拭《てぬぐ》いが湿った。

「おいおい、いよいよ降りやがったか」

ぼやいた助九郎は小走りになって、鶴亀をめざした。

雨脚は早く、鶴亀の軒先に飛び込んだときに土砂降りとなった。空にまばゆい閃光《せんこう》とともに銀色の亀裂《きれつ》が走り、耳をつんざく雷が鳴った。

助九郎が店の戸を乱暴にたたいて声をかけると、いつも帳場に座っている歯っ欠けの年増女が顔を出した。

「なんだ、あんたかい」

女は顔を見るなりそんなことをいう。

「なんだはねえだろう。伊左吉さんはいるか？」

「いるよ」

女は帳場の奥に顎《あご》をしゃくった。

助九郎は弁太郎といっしょに奥座敷に上がり込んで、伊左吉に頭を下げた。

「ひどい降りになったな。その分いくらか涼しくなるだろう」

伊左吉は庭を向いたまま煙管《きせる》を吹かした。庇《ひさし》から雨がぼとぼと落ちている。せっかく花を開いた朝顔が、どしゃ降りのせいでしなだれていた。

「今日はどうした？」

伊左吉が顔を向けてきた。部屋に点してある行灯《あんどん》の明かりが、伊左吉の脂ぎった片頬で照り返っている。

「たまには伊左吉さんの顔を見たいと思いましてね。それに、妙な話があるというじゃありませんか……」

「おせいのことでやってきた侍夫婦のことか。あんなのは大したことはねえだろう。銭屋の若造に雇われたやつだ」

「放っといていいんですか……」

伊左吉は問いかけには答えずに、助九郎の頭を眺め、くわえていた煙管の吸い口を、ぷっと吹くと、雁首《がんくび》の火皿にあった灰が、水を入れた灰吹きに落ち、シュンと音を立てた。

「その頭はどうした？」

「気分を変えるために剃《そ》ったんです」

説明するのが面倒なので、助九郎はそう応じて言葉を継いだ。

「やってきた侍夫婦のことですが、どういう野郎でした？」

「生意気そうな面構えをした男だ。女房のほうはちょいと色気のあるいい女だったが
……」

「年はいくつぐらいです？」

「三十半ばぐらいだ」

「女房のほうは？」

「何でそんなことを聞く？」

問いを返された。

「おれと揉《も》めた野郎だったら放っておけないんです」

「また喧嘩《けんか》でもしやがったか。しようのねえ野郎だ。女房のほうは三十路《みそじ》前か、もう
ちょっと若いかもしれねえな。気の強そうな目をしていた」

「亭主の丈は？」

伊左吉は助九郎を舐《な》めるように見てから、

「おまえとあまり変わらないんじゃねえかな」

といった。

助九郎は自分の髷を切った男かもしれないと思った。しかし、宮腰の銭屋に頼まれたというのが気にかかる。あいつらは旅の途中だったはずだ。別人なのか……。

「それで旦那、近ごろ声をかけてくれませんが、何か仕事はありませんか。ここんとこ暇でしてね」

「暇なのはいつものことではないのか。それに、おまえたちにそうそう仕事を頼むようじゃ、おれの商売もあがったりだ。店の女たちはみんな元気だ。そうはいっても客足が鈍っているが……」

助九郎は表の雨を眺めた。土砂降りは少し弱くなっているが、雷は断続的に鳴りつづけている。

「女房連れの侍のことはいいんですか。伊左吉さんを脅したそうじゃないですか」

「こけ脅しにびるようじゃ、この商売やっていけねえよ。また来るといったが、軽くあしらってやるだけだ。やつらに責められるようなことは何もしてねえんだ」

「その侍は佐久間といったらしいですが、今度はいつ来るといってました」

「いつとはいってねえ。また来るといっただけだ。……やけに気にしやがるな」

　助九郎は何も答えずに、頬をさすった。

「それより、この雨だ。この前おまえたちに頼んだことだが、まさか雨で流されるなんてことないだろうな。一度は畑で掘り起こされて、ずいぶん疑われちまって難渋したことがある。あんなことは二度とごめんだ」

「心配には及びませんよ。雨で流されるような埋め方はしておりませんで」

　助九郎はときどき病気持ちになった女郎の始末を頼まれる。伊左吉は安く値切るが、助九郎にとってはいい小遣い稼ぎだし、相手は体の弱った女郎なので造作ない仕事だった。

「仕事がほしけりゃ、ときどき顔を出しな。いい稼ぎを考えておいてやる」

　伊左吉が煙管に刻みを詰めていった。

「へえ、それじゃそうさせてもらいます。念のため佐久間という侍のことが気になるんで、明日か明後日にもまた訪ねてきます」

「勝手にしろ」

　伊左吉は愛想悪くいうが、別段気を悪くしているのではない。

二

「うちの亭主がこうでなきゃ……」

おせいの母おかつは、そういって目尻《めじり》をつたう涙をぬぐった。腰を悪くしている亭主の正吉《しょうきち》は、音次郎と五兵衛の親切心に頭を下げたきり、さっきから黙ったままだ。

音次郎は静かに正吉と、座敷の隅にいる幼い与市《よいち》を見た。与市は目が合うと、はにかんだような笑みを浮かべた。

たしかに家のなかの調度は少ない。夏場はしのげるだろうが、寒い冬にはどうするのだろうかと、音次郎は他人事《ひとごと》ながら心配になった。

「五兵衛……」

黙り込んでいた正吉が、ふいに声を漏らした。雷鳴で聞きそびれそうな声だったが、五兵衛は正吉を見た。

「おまえの気持ちは嬉《うれ》しいが、おせいが戻ってきてもこの家を支えられるような稼ぎはできないんだ。おれもこの体だし……」

正吉は悔しそうに自分の太股《ふともも》をたたいた。

「おせいには仕事をしてもらいます」

五兵衛は毅然《きぜん》とした顔でつづけた。

「あの子は読み書きも算盤《そろばん》もできます。下手な奉公人より、使い道があります。給金もそれなりに払うつもりです。それに親父さんにも……」

「おれにもって……」

正吉は解せない顔をした。

「力仕事は無理でしょうが、帳簿づけならできるはずです。親父さんは馬借頭《ばしゃくがしら》をやっていたぐらいだから……」

「そんなことをいったって、腰が悪いんだ」

「店に出なくてもいいです。帳簿はここに持ってきます」

「おまえ……」

「それにおれはいまの仕事だけではなく、他にも手がけることがあります。いずれ、人手は足りなくなるし、いまのうちに仕事のやり方を覚えておいてもらえれば助かります」

「五兵衛、あんた……」

おかつが膝《ひざ》をすって五兵衛ににじり寄った。

「まだ子供だと思っていたけど、あんた立派なことをいうようになった。そんなにまでうちのことを思ってくれているとは……わたしゃ、わたしゃ……」

おかつは目に手拭いをあてて、嬉《うれ》しい嬉しいと涙した。

「ほんとだ、五兵衛。おれも礼をいう。それにしてもおめえは、だんだん弥吉郎《やきちろう》さんに似てきた。親の血をしっかり受け継いだ商人の顔にもなっている」

正吉はまじまじと五兵衛を見た。弥吉郎とは五兵衛の父親である。

「だが、おまえの親切を、はいそうですかと聞くわけにはいかねえ。甘えるわけにはいかねえんだ」

「どうしてです。おせいが可愛くないんですか」

「そうじゃねえ。一度甘えりゃ、ずっとおまえに頭が上がらねえ」

「そんなことはどうだっていいじゃありませんか。娘を不憫《ふびん》に思わないんですか。おせいを一生女郎にしていいんですか。自分の子なら幸せになってほしいと思うのが親じゃありませんか。おせいだって好きで借金の形になったんじゃないでしょ。おせいがどんな思いをしているか、これからどんな思いをするか、それを考えたことがありますか。親でしょ、おせいの親じゃないですか……」

感情を高ぶらせた五兵衛は、正吉を諭《さと》しながら涙をこぼしていた。幼い与市が驚いたような顔をしていた。

「正吉といったな。それからおかつ殿。よそ者に口はばったいことはいわれたくないだろうが、五兵衛の気持ちを素直に受けたらどうだ」

　そういう音次郎に正吉とおかつは顔を向けた。音次郎はつづけた。

「五兵衛はおまえさんたちのために一生懸命やっているのだ。そのためにおれに相談を持ちかけている。頭が上がる上がらぬなんて了見の狭いことをいうんじゃない。大人になれば、年の差は関係ないはずだ。肩身が狭くなると思うのは勝手だが、しっかり仕事をすれば、いまの暮らしから抜けられるのだ。痩《や》せ我慢はなんのためにもならぬ。そうではないか……」

「あんた……」

　おかつが正吉を見た。

「おせいがこのまま女郎屋に沈んでも、おまえたちの暮らしがよくなるとは思えぬ。せっかく、五兵衛がありがたいことをいってくれているのだ。おせいが帰ってくれば、前よりよくなるのではないか……」

「だけど……おせいの代わりにもらった金はもう……」

　正吉はうなだれてつぶやく。

「親父さん、そんなのは気にするなっていってるでしょ。金は無利子でこつこつ返してもらえばいいです。催促もしません」

五兵衛は正吉をにらむように見た。正吉の顔があがった。口を引き結び、まっすぐ五兵衛を見て、突然両手をついて頭を下げた。

「五兵衛、すまねえ。わかった、おまえのいうとおりにする。おせいを連れてきてくれねえか。頼む」

「姉ちゃんに会いたい！」

突然、与市が叫んだ。

おかつがはっとなって、与市を見て正吉を見た。それから正吉と同じように手をついて頭を下げた。

「五兵衛、あたしからもお願いします。みっともないことになってしまったけど、どうかどうかお願いします」

頭を下げたおかつの涙が、破れ畳にぽとぽと音を立てて落ちた。

「それじゃ、待っててください」

襟《えり》を正してそういった五兵衛は、音次郎を見た。

「佐久間さま、そういうことですので、よろしくお願いします」

「もとよりそのつもりなのだ。それでどうする?」

「一度店に戻ります」

音次郎と五兵衛はそのままおせいの家を出た。雨は降りつづいているが、弱くなっている。雷も遠くに離れていた。

水溜《みずた》まりの出来たぬかるむ道を歩いて、下通町にある銭屋に向かった。

「佐久間さま、金を工面したら城下に戻りますが、その前に仕事の手配をあれこれやっておきますので、しばらくお待ち願えますか」

「念には及ばぬ」

銭屋に入ると、帳場に座っていた手代が尻を浮かして、五兵衛を見た。

「若旦那、いったいどこにいらっしゃったんです」

「大事な用があったのだ。それより、弥兵衛《やへえ》はどこだ?」

「いま隣に行っております。ところで、さっき妙なお侍が見えたんですが……」

手代は五兵衛と音次郎を交互に見た。

「妙な侍が……」

「何でも若旦那に話があるとか……愛想の悪いお侍で、何かあったんでございますか」

「その人はいったい何の用があって来たんだ」

「それが、若旦那が雇っているお侍のことを聞きたいようなことを……」

五兵衛が音次郎を振り返った。

「その男はいつ来た?」

音次郎は手代に訊《たず》ねた。ひょっとすると、鶴亀の伊左吉が遣わせた刺客《しかく》かもしれないと思った。

「ついさっきのことです」

音次郎はさっと振り返って、暖簾《のれん》を撥《は》ねあげ、表を眺めた。雨の降る通りには人の姿はまばらにしかなかった。それに侍の姿もない。

三

新五郎と連れの伊助と仙助は、銭屋からそれほど離れていない茶店で雨宿りしていた。仕事にならないと、馬借らが奥の入れ込みでぼやきながら酒を飲みはじめている。

銭屋の奉公人は、五兵衛が昨日からどこへ行っているかわからないといった。みんな口を揃《そろ》えていうので、嘘《うそ》ではないだろう。手代と番頭にも疑うような言動はなかった。しかし、女房連れの侍のことはわかった。

手代はこういったのだ。

「若旦那は江戸から見えた旅人の世話をしておられました。奥方を連れたお侍です。若旦那は人の面倒見がいいですからね」

　その侍の名は佐久間というらしい。弁太郎から聞いた男だ。

「侍の妻の名は聞いているか？」

「たしかお藤さんといってました」

　新五郎はこのとき、両眉《りょうまゆ》を跳ねあげた。助九郎が金を巻きあげようとした村垣という男の連れに違いない。つまり、村垣たちはまだ金沢にいるということだ。佐久間というのが、助九郎の髷を切った男かもしれない。いや、そう考えていいはずだ。そして、佐久間とお藤がこの宮腰に来て、五兵衛の案内を受けている。

　宮腰は前田家にとってなくてはならない重要な港町だ。公儀お庭番がその宮腰を探るのは当然のことだろう。

　すると、お庭番は四人連れということなのか……。しかも女がいる。

　これはしたりと、新五郎は自分の膝をたたいた。そのことに驚いたのか、

「旦那、どうなさいました？」

と、仙助が三白眼を向けてきた。

「おれの捜しているやつらが朧気《おぼろげ》に見えてきた」

「ほんとですか」

「おそらくやつらはまだ城下にいる。それは、おまえらが金を巻きあげようとした男たちと同じだ」

「え、やつらと……それじゃ、あいつらはまだ城下にいるってことですか」

「そうだ。どういう経緯があったのかわからぬが、やつらは石坂の鶴亀にまた現れるはずだ」

「旦那、それじゃ急いで城下に戻らなきゃ」

「そうだ、そのことを助九郎の兄貴にも教えなきゃ」

伊助も慌てた顔でいう。

「まあ、待て……」

新五郎は雨を降らす遠くの空を凝視した。

雲の隙間《すきま》に稲妻の閃光が漏れていた。しばらくして、遠雷が聞こえてきた。

佐久間とお藤という女は、夫婦を装っているに過ぎない。銭屋五兵衛の案内を受けながら宮腰を探り終えて、城下に戻っているのだ。ならば、城下のどこに潜伏しているか……。新五郎はそのことを考えた。

しかし、佐久間とお藤という女は、五兵衛に依頼されていることがある。もうここまで考えれば、あとはやることはひとつだ。佐久間とお藤を捕まえれば、村垣ともうひとりの男の居所もわかるはずだ。

「よし、戻るぞ」

新五郎はつかんでいた湯呑《ゆの》みを置いて立ちあがった。

そのころ、音次郎は銭屋の式台に腰をおろして、のんびり茶を飲んでいた。五兵衛が仕事の差配を調え、百両を都合し終わるのを待っているのだった。

暖簾越しに表通りを窺《うかが》うことができる。雨のせいで人の往来は少ない。宮腰の役所に詰めている役人の姿を見たが、それも数人だった。

手代の金吾《きんご》がいった侍らしき男は見かけない。水溜まりを避けながら歩く男がいるが、近所の奉公人だった。

銭屋を訪ねてきた侍は、年のころ三十半ばで、柄に合わせたように顔の作りも大きいという。それだけではなかなか見分けはつかないが、二人の連れがあったらしい。

しかし、手代も他の者もその連れをよく見ていなかった。

とにかく三人連れの男が、五兵衛を訪ねてきたというだけで、他のことは何もわからずじまいである。

「佐久間さま、お待たせしました」

五兵衛が戻ってきた。

「もうよいのか」

「はい、心配ご無用です」

五兵衛は百両の入った小さな葛籠《つづら》を抱えていた。

「それでは戻るか」

腰をあげた音次郎は大刀を腰に差し、笠をつかんだ。

茶店を出た新五郎だったが、しばらく行ったところで、待てよと思った。

「どうしました?」

仙助が立ち止まった新五郎を見た。

「鶴亀に売られた女はおせいといったな。その女はこの宮腰の出であったな」

「そうらしいですが……」

新五郎は水田を眺めた。雨の粒がその水面で小さな飛沫《しぶき》をあげ、波紋を広げている。

蛙《かえる》の声があちこちでする。

五兵衛はおせいという娘を取り返そうとしている。すると、おせいの親が五兵衛の行き先を知っているかもしれない。

「おい、おせいの家を探すんだ。十四歳の馬借の娘だ」

「それじゃ馬借の会所に行けばわかるんじゃ……」

みなまで聞かずに新五郎は後戻りした。馬借たちを差配する会所に立ち寄り、おせいのことを聞くと、すぐにわかった。

親は元馬借頭の正吉といって、家も遠くなかった。表通りから脇道に入って、神社の横をまわりこむと、小さな家があった。粗末な家である。

雨戸は閉められていたが、戸口は開け放されたままだ。

「ここは正吉の家であるな」

新五郎は戸口の前に立って、土間奥にいた女房に声をかけた。すぐそばの座敷に、横になっている男がいた。縁側に幼い子供もいる。

女房が亭主を見ると、半身を起こして、正吉は自分だがといった。

「銭屋の知り合いらしいが、五兵衛の居場所を知らぬか。会って話したいことがあるのだ。別にあやしい者ではない」

「五兵衛でしたら、さっき来たばかりですが……」

「なに」

新五郎は太い眉を動かした。

「それでどこへ行った？」

「店に戻るといっていましたが……お侍さまは……」

新五郎は正吉の問いを無視して、

「五兵衛はひとりだったか？」

と、敷居をまたいで聞いた。

「いえ、佐久間さんというお侍といっしょでした」

新五郎はカッと目を瞠《みは》った。

「店に戻ったのであるな」

「へえ。そのはずです」

新五郎はさっときびすを返して、雨のなかに戻った。

四

蓑笠《みのがさ》を被《かぶ》った百姓や行商人らとすれ違えば、ボロボロの僧衣を纏《まと》った裸足の僧が音次郎と五兵衛を追い越していった。

雨の降る水田の上を何羽もの燕《つばめ》が飛び交っていた。田の向こうに城下が広がっている。さらにその奥にある山々が雨に烟《けぶ》っていた。

「今夜も昨夜のところに泊まるのか？」

音次郎は隣を歩く五兵衛に訊《たず》ねた。

「そうしようかと思っています」

返答を聞いた音次郎は遠くを見ながら歩きつづけた。傘はさしているが、着物は雨を吸っていた。

「その家は避けたほうがよいだろう」

しばらくして口を開いた音次郎に、五兵衛が顔を向けた。

「なぜでございます？」

「おまえの店をあやしい男が訪ねている。おそらく銭屋と取引をしている城下の店も調べているだろう。もし、そこにやつらの手がまわると危ない」

「それなら、佐久間さまと同じ旅籠《はたご》に泊まることにします」

「……それは」

音次郎は口をつぐんだ。五兵衛が同じ旅籠に泊まるのはまずい。お藤と自分が夫婦でないのが知れるのはともかく、本来の役目がある。音次郎は脇道にそれたことをしているが、公儀お庭番のことはあくまで内密にしておかなければならない。

「どうされました？」

五兵衛が怪訝《けげん》そうな目を向けてきた。

「うむ。同じ旅籠にいればおまえも安心できようが、今夜のところは別の宿にしてくれないか」

「そうおっしゃるなら、無理は申しません。旅籠ならいくらでもありますので……」

「それなら先に旅籠を取っておこう」

「そうしましょう」

五兵衛は素直である。こんな男は裏切れないと、音次郎は思う。何とか思いをかなえさせてやりたいものだ。

「それにしてもよく降りますね」

五兵衛がそういったとき、空に大きな銀色のひびが走り、稲妻が顔を照らした。直後、雷鳴が轟《とどろ》いた。

街道の脇から四人の男が現れたのはそのときだった。手甲脚絆《てっこうきゃはん》に打裂羽織《ぶっさきばおり》、裁着袴《たっつけばかま》。塗笠を被っているが、雨など気にせず、じっと音次郎と五兵衛をにらむように見てくるだけでなく、殺気を漂わせている。

「何用だ？」

音次郎は五兵衛に危険が及ばないように、背後に下がらせて相手に問うた。

「貴様のようだな」

男のひとりがそういうなり、眼光を光らせ、さっと刀を抜いた。他の三人も刀を鞘《さや》走《ばし》らせた。光を吸い取る刃が雨を弾き、切っ先からしずくを落とした。

「五兵衛、下がっていろ」

音次郎がそういったとき、右に動いた男が鋭い斬撃《ざんげき》を送り込んできた。有無もいわせず斬《き》りつけてくる荒っぽいやり方だ。半歩足を引き、最初の殺人剣をかわした音次郎は、持っていた傘で相手の後ろ首をたたき、即座に刀を抜いた。

刹那《せつな》、八相に構えていた男が、袈裟懸《けさが》けに刀を振り下ろしてきた。音次郎の開いた肩を狙《ねら》いに来たのだが、うまくいかなかった。刀が振り切られる前に、音次郎が懐に飛び込んで、いやというほど強烈な勢いで、柄頭《つかがしら》を鳩尾《みぞおち》にたたき込んだからだった。

「うげッ……」

男はそのまま体を二つに折って、水溜まりに突っ伏した。それを見た仲間の二人が、同時に撃ちかかってきた。

ひとりは音次郎の胸を突きに、ひとりは足を払い斬りに来た。息の合った動きであるし、防御は難しい。普通の者なら、それで一巻の終わりであろう。だが、音次郎は突きを紙一重のところでかわすなり、足を狙ってきた相手の刀を弾き返し、そのまま胴を抜いた。

瞬間、背後から撃ち込まれる気配を感じ取った。すかさず、ぬかるみにある右足を軸にして反転するなり、相手の斬撃を下から撥ねあげ、返す刀で横合いから撃ち込んできた男の肩を斬った。

刹那、音次郎はもうひとりと対峙《たいじ》していた。だが、その男は恐れをなして下がると、

「退《ひ》け、退くのだ」

と、無事な仲間にいって大きく下がった。

音次郎はそのまま警戒を解かずに逃げてゆく男たちを見送った。斬ったのはひとりだけである。ひとりは鳩尾《みぞおち》を突いただけだし、もうひとりは肩を斬ったように見えた

が、それは峰打ちであった。

「何やつだったのだ……」

「材木船でやってくる野武士の用心棒です。馬借と揉めた水夫《かこ》らが遣わしたのでしょう。ときどきああいうやつらが来て、町を荒らすんです。それにしても……」

五兵衛は青ざめた顔で、

「なんと強いお人なんです」

と、音次郎をまじまじと見つめた。

「先を急ごう」

音次郎は刀を納めて歩き出した。

五

新五郎は音次郎を見つけることができなかった。しかし、城下をうろついているという確信を得た。雨中を宮腰から城下に戻った新五郎は、助九郎と約束どおり待ち合わせの店で会っていた。近江町の三杯屋である。

雷はやんでいるが、雨のせいですでに夜の気配が漂っている。近江町は城下一番の市場である。魚問屋・魚鳥商・塩物屋・干物屋・八百屋などがひしめいている。

そんな町外れの一角に三杯屋はあった。暗い通りには軒提灯《のきちょうちん》の明かりが、ぽつぽつと見られるが人通りはほとんど絶えている。雨に濡れつづけている町屋の屋根越しに、暗い闇《やみ》が広がっていた。

「それじゃ、あの村垣という旅人の連れに間違いないでしょう」

助九郎は新五郎の話を聞いてそういった。

「村垣もまだこの城下にいるはずだ」

「旦那、そうとわかれば逃がす手はありません。おれはやつらにたっぷり思い知らせてやらねば気がすまねえんです」

助九郎は塩昆布をくわえて、嚙《か》みちぎった。

店の客は、入れ込みの隅で車座になっている新五郎たちだけだった。

行灯の明かりはあるが、安物の魚油なので暗いし、蚊遣《かや》りの煙といっしょに魚油の煙が体にまといついていた。

「鶴亀のほうはどうなのだ?」

新五郎は酒を飲んでから助九郎を眺めた。

「佐久間という野郎はまた鶴亀を訪ねるようなことをいっているそうで……」

「いつだ？」

「さあ、それは……今夜か明日か……いずれにしろ、やつらはおせいって娘を返してもらいたいんです」

「女郎屋が買った女を返すには、身請けするのと同じだからそれなりの金がいるはずだ。佐久間は金を持ってくるといっているのか……」

「そりゃどうでしょう。もし、金を工面するとなれば銭屋が請け負うはずです。おせいを返してくれと談判に来ているのは、銭屋の五兵衛です。佐久間とお藤という女は銭屋に雇われているだけでしょ」

「雇われている……」

つぶやいた新五郎はじっと盃の酒を凝視した。

佐久間とお藤という女はお庭番のはずだ。しかし、銭屋に女郎のことで雇われているとなれば、妙な話だ。目的がまったく違うのではないか。お庭番ではないのか……。

だが、ここで迷うことはないと、新五郎は深く考えることをやめた。

「とにかく佐久間とお藤という女を捕まえる。今夜、その二人は鶴亀を訪ねるだろうか……」

助九郎はさあと首をひねる。新五郎は、仙助、弁太郎、伊助という順番で見ていったが、三人とも首をかしげるだけだ。

ちりんと風鈴が鳴った。新五郎は雨の降る表を見た。闇が立ち込めているだけだ。こんな晩に女郎を買いに行く好き者はほとんどいないだろう。店は暇なはずだ。おせいの話し合いには都合がよいかもしれぬ。

しかし、昨日の今日のことだ。しかも佐久間たちは宮腰にいた。すると、明日か……。いや、今夜かもしれないと、新五郎は心を迷わせた。

「助九郎、鶴亀を見張れるような店はないか？」

「鶴亀を、ですか」

区切っていった助九郎は、視線を泳がせてから言葉を継いだ。

「ないことはないでしょうが……どうしてです？」

「五兵衛はおせいを取り戻したいだけだ。だが、鶴亀の伊左吉といったか……そやつはおせいを手放したくないと思っている。そうだな」

「ま、そうでしょう」

「だから、佐久間を頼んだ。その佐久間は伊左吉を脅してもいる」

「そのようです」

「今夜も店に現れないとはいえぬな」

「ま、そうでしょう」

「よし、いまから鶴亀に行くのだ。まだ佐久間らが店にやってきていなければ、店を見張るのだ」

「これからですか？」

助九郎は面倒くさそうな顔をしたが、新五郎は差料《さしりょう》を引き寄せた。

「まいるぞ」

雨の降る夜道を、新五郎たちは鶴亀に向かった。普段と違い人通りがない。どの商家も店を閉めている。戸口を開けている店もあるが、暖簾はしまわれていた。外に漏れる家の明かりは雨に吸い取られている。

犀川大橋を渡って石坂の通りに入ったが、ここは真っ暗である。夜商いの店も今夜ばかりは開店休業のようだ。虫の声も蛙の声もしない。

「鶴亀で待ち受けてもよいな。伊左吉は店に入れてくれるだろうか」

「それは無理でしょう」

新五郎の考えを助九郎があっさり否定した。

「伊左吉さんは頑固者です。女のいる店に用のない男は入れませんよ」

「店に用心棒はいないのか」

「あの店にはおりません。何か揉め事があれば、おれたちに声がかかります」

「おまえたちに……」

新五郎は提灯《ちょうちん》の明かりを受ける助九郎の顔を見た。

「面倒なことはおれたちが請け負うことになっているんです」

「さようであったか。それは知らなかった」

鶴亀はもうすぐそばだった。小さくて目立たない軒行灯に火が入っている。店は開けているのだ。

「誰か佐久間が来ているか様子を見てこい」

新五郎が立ち止まっていうと、

「おれたちじゃまずいでしょ。一度顔を合わせていますからね」

と、助九郎が仲間の顔を見ながら応じた。

それはそうであると新五郎は納得して、

「ならばおれが行ってくるか。おまえたちはここで待っておれ」

そういって鶴亀に歩いていった。店のはす向かいに小さな畳屋があった。見張場にするならその畳屋だろうと見当をつけた。

鶴亀の戸を引き開け、土間に足を入れると、帳場に座っていた女が顔を向けてきた。

暇を持てあましていたらしい女は愛想笑いを浮かべる。

「いいときに見えられました。今夜は暇なので店の子も……」

「女ではない」

低声《こごえ》で遮っていうと、女の笑みが消えて顔がこわばった。

「銭屋に頼まれた者が来ていないか？」

「いえ」

「伊左吉はいるか？」

「あ、はい」

「呼んでまいれ」

女は新五郎を品定めするように見てから腰をあげた。

大小を差した侍の身なりだから、取締りだと思ったのかもしれない。こういった店へ前田家の家臣は出入りできない決まりがあった。そうはいってもしょせん男であるから、無聊《ぶりょう》を慰めるためにこっそり足を運ぶ者は少なくない。

すぐに伊左吉がやってきた。会うのは初めてである。小柄で脂ぎった男だ。目つきが鋭く、不遜《ふそん》さが窺《うかが》われる。

「いかようなことでございましょう」

「おせいという娘のことで、銭屋の遣いでやってきた佐久間という男を捜している。今夜は来ていないか？」

「へえ、来てはおりませんが……」

「また来ると、おぬしを脅したそうだな」

伊左吉は驚いたように目を瞠った。

「それを誰から……」

「助九郎だ。あやつらにある仕事を手伝わせているのだが、佐久間を捕まえなければならぬ。伊左吉、手を貸してくれるか」

「へえ、そういうことでしたらお安い御用ですが、いったい何があったんでございましょう」

「詳しいことはいえぬ。だが、悪いようにはしない。ついてはこの店で待たせてもらうことはできないか」

伊左吉は苦々しい顔をして首を振った。

「お力添えにはなりたいと思いますが、なにしろこの店には若い女がおりますんで、それだけはご勘弁願えませんか」

「ひとりでも無理か」

「申しわけございません」

「……そうか。ならばしかたないな。だが、助九郎やおれたちのことは内聞に願うぞ」

「失礼ですが、お侍さまは」

「浅香と申す。だが、その名も口にしてはならぬ。あとはおれたちにまかせておけ」

「へえ、わかりました」

「そこの畳屋でこの店を見張っている。何かあったら訪ねてこい」

新五郎はそのまま鶴亀を出た。

六

五兵衛は石浦町にある越中屋という旅籠に入っていた。この町は隣の南町とともに、城下の中心部といえる。煙草屋や袋物屋や紅白粉屋《べにおしろいや》、あるいは金物細工や仏具師などの職人の店もある。商売は種々多様だ。

越中屋は在郷商人の専門宿で、近郷の村から商売にやってくる者たちが主な利用客だった。

「この旅籠なら、滅多なことでは探られはしないはずです」

と、五兵衛はいう。

なぜなら、顔見知りしか泊めないかららしい。それに五兵衛は手代や番頭にも顔が利き、心付けを渡しておけば内聞にしてくれるそうだ。

音次郎はこういった五兵衛の機転のよさに感心する。

五兵衛の客間に太郎兵衛《たろべえ》という酒屋の手代がやってきたばかりだった。音次郎を見るとおずおずと座ったが、五兵衛は膝を詰めて太郎兵衛に聞いた。

「それで何かわかったことはありますか？　こちらは佐久間さまとおっしゃる旅の人ですが、何もご心配なく」

五兵衛は太郎兵衛に音次郎を紹介して、言葉を継いだ。

「調べてくださったのでしょう」

「調べるといっても相手が相手だから、なかなか思うようにはいかないよ。だけど、妙な話を聞いた」

「どんなことです」

五兵衛はまた膝を詰めた。

「一月ほど前から見なくなった女がいるんだよ。わたしもいわれて初めて気づいたんだけどね。これはまた……」

　太郎兵衛は音次郎を見て躊躇《ためら》った。

「かまいませんから話してください」

「その、殺《あや》められたんじゃないかと……もちろん滅多なことはいえないけど、そんな気がするとみんないうんだよ」

「それは誰から聞いたのだ？」

　音次郎が訊ねた。

「うちの奉公人です。鶴亀に酒を納めている者ですが、出入りしている他の者もそんなことをひそかに話しているそうで……」

「いなくなった女の名は？」

「菊乃《きくの》という名でした。二十歳になったかならないかの若い娘ですが、華奢《きゃしゃ》で体が丈夫そうな女ではありませんでした。まさか、身請けされるような女でもないですし、姿が見えなくなったというのは……」

「ここ一月ほど菊乃を見た者はいないのだな」

「へえ、誰も見ていないと申します」

「他に何か気になるようなことはないか？」

音次郎は太郎兵衛の四角い顔をのぞき込むように見た。

「気になるのは菊乃のことだけで、あとはこれといってありません」

「太郎兵衛さん、申しわけありませんけど、もう少し探ってくれませんか。鶴亀の弱味を何としてでもつかみたいのです。礼はそれなりにさせていただきますので……」

「そりゃまあ、銭屋さんの頼みだからやらないことはないけど、相手は食わせ者だからね。こっちも気を使ってやらなきゃならないので、今日の明日というわけにはいかないよ」

「それは承知のうえです」

「あまりあてにされては困るけど……」

「以前にも女郎がいなくなり死んで見つかったと聞いているが、もしその女郎らが殺されたとすれば、手をかけたのは伊左吉であろうか」

音次郎はじっと太郎兵衛を見た。

「伊左吉さんは手を汚していないはずです。伊左吉さんは揉め事があるとかぶき者を雇うことがあります」

「かぶき者……」

音次郎は村垣を拉致《らち》した男たちのことを思い出した。

「ええ、女郎に手をかけるとすれば、あの男たちではないかと……ただそう思うだけでございますが……」

「かぶき者の名はわからぬか？」

「それは手前にはわからないことです」

太郎兵衛は茶に口をつけると、そのまま客間を出ていった。

「それで佐久間さま、いかがなさいます。これから掛け合いに行ってみましょうか」

表の雨を見ていた五兵衛が音次郎を振り返った。

「待て。おまえは百両で話をつけるつもりだろうが、昨日の今日なら足許を見られる。伊左吉には弱味がある。それを先に知りたい」

「でも金で片がつくのであれば、それに越したことはないのでは……」

「大金であるぞ。また、おせいの親も金で話をつけたとなれば、ますます肩身の狭い思いをするのではないか。おまえは気にしないといっても、相手は心苦しい思いをするものだ。おせいしかり……」

「それではどうすれば……」

「とりあえず、太郎兵衛の調べを待ちたい。それからおれに考えがある」

「考え……」

音次郎は何もいわずに差料をつかんだ。

七

畳屋で鶴亀を見張るのは、新五郎と助九郎だけにした。店の主が大勢は困ると泣き面で頼むので、他の三人はとりあえず観音院そばのねぐらに帰していた。

新五郎が狙いをつけたとおり、畳屋の仕事場は鶴亀を見張るには恰好《かっこう》の場所だった。しかし、雨のせいで人通りはほとんどなく、鶴亀に入る客も少ない。職人風の男が二人入っただけである。そのうちのひとりは、ついいましがた提灯を下げて店を出ていった。

鶴亀の二階の一部屋に薄い明かりがある。窓際に立った女郎が、障子を閉めて腰をおろしたのがわかった。その障子に男と女郎の頭が影絵になっていた。

やんでいた雷の音が聞こえる。しかし、それはずっと遠くのほうで轟いているだけだ。

時刻は宵五つ（午後八時）を過ぎたばかりだった。

「今夜は来ないかもしれませんね」

　助九郎が見張りに飽きたようなことを口にしたが、新五郎も同じようなことを考えていた。しかし、ここであきらめることはできなかった。どっちかといえば、物事を大ざっぱに考え、ずぼらなところのある新五郎だが、こういった粘りはある。横目に取り立てられたのもその粘りがあったからだ。もっとも鉄砲足軽組だったころの、剣術の腕が群を抜いていたというのもあるが。

「今夜がだめなら、明日は昼間もここで見張る」

　新五郎はしばらくして応じた。

「昼間から……」

「あたりまえだ。伊左吉との談判は何も夜だけとはかぎらぬ」

「ま、そうでしょう……」

　助九郎はぱたぱたと団扇をあおいだ。雨のせいで暑苦しい夜ではないが、畳屋は風通しが悪く、蒸し暑かった。

　新五郎が膝許の湯呑みをつかんだとき、助九郎のあおぐ団扇が止まった。

「旦那……」

　助九郎が通りの先を顎《あご》でしゃくった。

　ひとつの提灯が鶴亀に近づいている。侍である。新五郎は目を凝らした。

「やつだったら教えるのだ」

「わかってます」

侍は鶴亀の前で足を止めて、軒行灯を提灯でかざし、二階に視線をあげた。それからしばらくそこに佇《たたず》み、何かを躊躇ってそのまま歩きはじめた。

「どうだ？」

新五郎は助九郎を見た。

「傘が邪魔で顔が見えませんで……」

「背丈や年恰好はどうだ？」

「似てるような気がします」

侍は畳屋の前を素通りしていった。新五郎は障子を大きく開けて、去りゆく侍の姿を凝視した。なぜ、鶴亀をやり過ごしたのだ。ただの客か？　それとも様子を見に来たのか？

いずれにせよ、たしかめたほうがいいような気がした。

「助九郎、佐久間だとしたら思わぬ失態になる。たしかめるだけたしかめる。ついてこい」

新五郎は刀をつかむと畳屋を出た。あえて提灯は持たなかった。

提灯を持った侍は、縦縞《たてじま》木綿を着流しているだけである。勤めを終えた身なりなのか、ただの浪人なのかわからない。

「どうだ」

足音を忍ばせながら、侍の姿を追う新五郎は声をひそめた。

「顔を見なけりゃわかりません」

ならば声をかけてみるか、と新五郎は思った。もし斬り合いになっても人通りは絶えている。もっとも斬り倒すつもりはない。生かしておいて口を割らせるのだ。

新五郎は足を速めて距離を詰めた。助九郎が長刀の柄に手をかけ鯉口《こいぐち》を切った。

「いざとなっても殺してはならぬぞ」

「わかってますよ」

侍は路地を左に折れた。また遠雷が聞こえてきた。

二人は侍の曲がった路地に入った。と、そこで足が止まった。

尾行していた侍が立ち止まっていたのだ。提灯は足許に置かれている。傘の庇をわずかにあげて、新五郎と助九郎をにらんだ。

「何故尾《つ》ける？　狼藉《ろうぜき》は許さぬ」

相手はそういうなり抜刀した。

第六章　通り雨

一

闇《やみ》を吸い取りつつ鈍い光を放つ刀が一閃《いっせん》した。

新五郎はとっさに後ずさると、傘を投げて抜刀した。相手は傘をばさりと断ち切るなり、撃ちかかってきた助九郎の長刀をすりあげて、横に払った。

新五郎はそれを見て、こやつできると思った。

「名を名乗れ」

新五郎は青眼に構えて問うた。

「不届き者が、先に名乗るのが筋であろう」

「助九郎、どうだ？」

「こやつかもしれません」

「何をいっている」

相手は助九郎を警戒しながら間合いを詰めてきた。道の右は石垣、左は土壁の長塀である。地面に置かれた提灯《ちょうちん》の明かりだけが、頼りであった。

「おぬし、佐久間と申すのではないか……」

新五郎は警戒しながらいった。

と、相手の返答を聞く前に、助九郎が横合いから突きを送り込んだ。相手の体が反転して、助九郎の刀を撥《は》ねあげた。

転瞬、助九郎は後ろに下がって壁に背をつける恰好《かっこう》になった。しかし、相手はすかさず新五郎に電雷の刺撃を送り込んできた。新五郎は半身をひねってかわしたが、足が滑って膝《ひざ》が崩れた。

相手はそれを見逃さず、大上段から袈裟懸《けさが》けに刀を振り下ろしてきた。新五郎は必死に足を払い斬《き》るように、刀を横薙《よこな》ぎに振って横に転んで逃げた。体の半分がぬかるむ地面で汚れた。立ちあがって体勢を整えようとしたとき、

「うぐっ……」

と、低い声が漏れた。

助九郎が背後から相手の脇腹《わきばら》を斬ったのだ。

新五郎は、はっとなった。相手が誰であるか、まだはっきりしていないのだ。

「殺してはならぬ」

とっさに注意を喚起したが、斬られた男は片膝を崩して前のめりに倒れた。だが、死んではいない。地面を鷲《わし》づかみ、泥で汚れた顔をあげて、口をねじ曲げた。

その顔が地面に置かれた提灯の明かりに浮かんだとたん、新五郎は目を瞠《みは》った。

――崎田勘兵衛《さきたかんべえ》……。

御城方御用の与力だった。新五郎のかつての同輩である。人違いであった。

驚いた新五郎に、崎田が気づいた。

「きさま……何故、このようなことを……」

崎田はうめきながら声を漏らし、まっすぐ新五郎をにらんだ。だが、その体にはもう力がないとわかる。

「助九郎、人違いであった」

「しかし、斬りましたよ。どうします？」

新五郎もどうすべきか迷った。助ければ、自分の役目が知れるばかりでなく、落ち度の責めを問われることになる。しかし、助かる傷かどうかはわからない。

新五郎は崎田のそばに行って半身を起こしてやった。

「おい、しっかりしろ」

「……浅香……き、きさ……」

崎田は唇を震わせて声を漏らしたが、疲れたようにうなだれた。脇腹から流れる大量の血が雨に薄められながら広がっていた。だが、崎田はまだ息絶えているわけではなかった。

「旦那《だんな》……」

助九郎が新五郎を見た。

「ここではまずい。どこかへ運ぶ」

「助けるんですか、もう無理ですぜ……」

「黙れッ」

新五郎は崎田を起こして、脇の下に肩を入れた。

「こやつの刀を拾え。提灯もだ」

助九郎はいわれるまま動いたが、

「いったいどうしようってんです?」

と解せない顔を新五郎に向ける。

「人目につかず、この男が休める場所に行くのだ」

「それじゃ……」

助九郎は心当たりがあるらしく案内をはじめた。だが、一町も歩かないうちに新五郎にかかっていた崎田の体が重くなった。息を引き取ったのだ。

「死んだ」

新五郎は立ち止まって、先を歩く助九郎に声をかけた。

そのとき、またドロドロと轟《とどろ》く遠雷が聞こえた。

二

「佐久間、今日はどうするのだ？」

朝餉《あさげ》の席で、村垣が声をかけてきた。機嫌の悪い顔だ。宮腰探索はともかく、五兵衛に頼まれたおせい救出が気に入らないのだろう。

音次郎はすすり終えた味噌汁《みそしる》の椀《わん》を膳部《ぜんぶ》に戻して箸《はし》を置いた。

「例のことで動きます」

「さようか……」

村垣はそういっただけで、また黙り込んだ。気まずい空気を感じ取った三九郎とお藤が、音次郎に目を向けた。

逗留《とうりゅう》している橋場町の旅籠《はたご》飛騨屋の二階だった。泊まり客はその座敷で朝餉をすますと、それぞれに出ていった。

昨日の雷雨は去っており、朝早くからかまびすしく蟬《せみ》が鳴いている。

「それにしてもよく晴れましたね。これじゃ今日も暑くなりそうだ」

三九郎が剽軽《ひょうきん》なことをいって、気まずい空気を払おうとするが、村垣はむっつり黙ったままだ。食後の茶をゆっくり飲んでいる。

「金沢は夏より、冬のほうがうまいものが食えるらしいですよ」

「そうなの……」

お藤が三九郎に応じた。

「ああ、鴨《かも》肉を味噌仕立てで煮込んだ治部煮《じぶに》ってやつは絶品だっていうんだね。ここの番頭の話を聞いているだけで涎《よだれ》が出ちまった。土鍋《どなべ》に鴨肉と人参《にんじん》とか牛蒡《ごぼう》とかそんなものを入れて、じぶじぶ煮るらしいんだ。肉の旨味と根菜の旨味がうまく嚙《か》み合うらしい。まあ、こんな暑い夏場に鍋物は食う気しないけど、食ってみたいね」

「冬場はともかく、干物の塩気がわたしにはきついわ」

「いわれりゃきついな。佃煮《つくだに》も塩っ辛くていけねえ。もっともちびちび食って、酒の肴《さかな》にするのはいいかもしれねえが……」

「佐久間……」

村垣が三九郎とお藤の会話を遮《さえぎ》った。

「はい」

「おれは夕刻までやることがない。だが、その前に五兵衛という男に会ってみたい」

「五兵衛に……」

「その男からおれも話を聞きたい。ここに連れてきてくれるか」

「よろしいので……」

「かまわぬ」

「それから夕刻までには戻ってこい。宮野と話をすることになっているが、おまえにもついてきてもらう」

村垣はそのまま席を立ち、座敷を出て行きかけてからもう一度言葉を足した。

「よいな」

「承知しました」

村垣がいなくなると、三九郎がおどけたように首をすくめた。

「なんだか村垣の旦那、虫の居所が悪いようだな」

「それで佐久間さん、これから出かけるのですか？」

お藤が三九郎を無視して音次郎を見た。

「うむ。三九郎から聞いた男に会いに行く」

「わたしもごいっしょしましょうか」

「いや、よい。人は少ないほうがいいだろう。三九郎、案内いたせ」

「へえ、合点で……」

お藤はつまらなそうな顔をしたが、音次郎は気づかぬふりをして立ちあがった。

「支度ができたらすぐに出かける」

「支度ならするほどのことはありませんで……」

三九郎も腰をあげた。

旅籠を出たのはそれからすぐのことである。

「旦那、村垣さんどうしちまったんですかね。昨日からずっとあの調子ですよ。やりにくいったらありゃしねえ」

「考えることがあるのだろう」

「……ま、そうかもしれませんが、気を回しすぎなんですよ。それにしてもあちいや

「……」

三九郎は空をあおいだ。

大きな入道雲が一画にある以外、空は真っ青だった。雨を吸った地面もすでに乾きつつある。水溜《みずた》まりがきらきらと日の光を照り返し、街道には陽炎《かげろう》がゆらめいていた。

二人は表通りから用水の流れる武家地に入った。多くの屋敷は川原石で作った石垣の上に、分厚い土塀を置いている。

二人は小路を辿《たど》りながら依田荘次郎の家をめざす。村垣がかぶき者に拉致《らち》されたとき、三九郎が脅した男だ。

歩きながらも三九郎は無駄話をつづけていた。前田家の家臣とすれ違うときだけ、緊張の面持ちで口をつぐむが、あとは喋《しゃべ》りっぱなしである。

音次郎はそのほとんどを聞き流しながら、これからのことを頭のなかで考えていた。依田荘次郎からかぶき者のことを聞き出したあと、五兵衛を村垣に会わせる。そのあとで、もう一度昨夜会った酒屋の太郎兵衛に会うかどうか……。先にかぶき者たちのことがわかれば、その必要はないかもしれない。

歩を進めるにつれ下級武士の屋敷地となった。田や畑が見られるようになり、杉木立や雑木林も目につく。

道の脇を流れる用水は、昨日の雨で水嵩《みずかさ》を増していた。しばらくして、山田屋小路という道に入った。それからほどなくしたところに依田荘次郎の屋敷があった。冠木門《かぶきもん》をくぐって庭に入ると、玄関からひとりの男が出てきて、はっと顔をこわばらせた。

「よお、この前は世話になったな」

三九郎がいって、この男が依田荘次郎だと紹介した。

「今日はなんの御用で……」

「そう硬くなるな。何も取って食おうってんじゃないんだ」

三九郎は勝手に玄関の敷居をまたいで、式台に腰をおろした。家のなかに視線を這《は》わせて、ひとりかいと聞く。

「みんな出払っているんです」

「ならちょうど具合がいいや。こちらは佐久間さんという旦那だ。ちょいと聞きたいことがあってな」

荘次郎が音次郎を見てきた。痩《や》せた牛蒡《ごぼう》のように色の黒い男だった。士分でない軽輩なので、股引《ももひき》に着物を尻端折《しりはしょ》りしている。

「おぬし、かぶき者とつるんでいたことがあるそうだな」

音次郎は荘次郎の肩をたたいて、式台に座らせた。自分も隣に腰をおろす。

「もう昔のことです」

「仲間だった頭分の名は何という？」

音次郎は荘次郎を凝視する。もともと臆病《おくびょう》なのか、荘次郎の目はおどおどと落ち着きなく動き、さも居心地が悪そうだ。

「茶筅髷《ちゃせんまげ》をしていた男がいるだろう」

音次郎は言葉を足した。

「梅津助九郎といいます。もともとは平士の家柄なんですが、家を飛び出して好き放題をやっているんです」

「やつの居所を知りたいのだが、教えてくれないか」

「……知ってどうされるんです」

荘次郎は考えてから答えた。

「どうしてもしなければならない話があるのだ。おぬしに迷惑のかかるようなことはしない。約束だ。知っていることを教えてくれぬか」

「寺町の先にいなければ、八幡町のほうでしょう。観音院という寺があります。その近くにある古い家があります。裏は大きな竹林なのですぐわかるはずです」

「やつのねぐらというわけか……」

「そんなところでしょう。浅野大橋を渡って川沿いに上っていくとすぐにわかるはずです」

「わかるか？」

音次郎は三九郎を振り返った。

「なんとか……」

と、三九郎は答えた
「その梅津助九郎は石坂《いっさか》にある女郎屋の仕事をしているらしいが、そのことについては知らぬか……」

荘次郎の顔色が悪くなった。目にあった怯《おび》えを、さっきより強くしてうつむく。

「女郎を殺しているのではないかという噂《うわさ》を耳にしたのだ」

荘次郎の顔がはっとなって上がった。そのまま首を激しく振って、声を震わせた。

「わたしはそんなことは何も知りません。与《あずか》り知らぬことです」

「まかぬ種は生えぬという。まんざら噂が嘘《うそ》とは思えぬが……」

「わたしにはわからないことです」

荘次郎はあくまでも否定するが、音次郎は太郎兵衛のいったことは嘘ではないだろうと思った。荘次郎は助九郎を恐れているだけなのだ。

「まあよい。何があってもおぬしのことは口にしない」

音次郎は三九郎に行くぞといって立ちあがった。

「あれでいいんですか？」

荘次郎の家を出てから三九郎がいった。

「梅津助九郎のねぐらがわかれば、それでよい。あとはやつらの口から聞くまでだ」

三

荘次郎の教えてくれた助九郎のねぐらは、迷うことなくわかった。

粗末なあばら屋である。縁側も戸口も開け放してあり、三人の男がいるのがわかった。

ひとりは座敷で横になっている。あとの二人は団扇《うちわ》をあおぎながら向かい合って将棋を指していた。

音次郎と三九郎は垣根越しに男たちを盗み見た。

「どうだ、やつらか？」

「間違いないです。どうします……」

音次郎は助九郎がいないことに気づいた。

「梅津助九郎という男がいない」

「ふむ、たしかに……」

三九郎は目を凝らしてつぶやく。

音次郎は考えた。ここで三人を押さえてしまうか、助九郎を待つのがよいか……。強引なことをしてしくじれば、元の木阿弥《もくあみ》である。

「押さえてしまいましょう」

「待て。やつらには女郎殺しを白状させたいが、白を切られたらそれで終わりだ。なによりその証拠がない」

「証拠なんていらないでしょう。やつらは村垣さんを攫《さら》って殺そうとしたんです」

「おれたちはやつらの仲間を斬っている。おれの狙《ねら》いは鶴亀の弱味をにぎることだ。ここで手荒なことはやらぬほうがよいだろう」

音次郎はそういって、男たちのいる家に背を向けた。

「いいんですか」

三九郎が追いかけてきた。

「やつらのねぐらがわかっただけでも無駄ではなかった」

「それでどこへ行くんです？」

「おまえは旅籠に戻っておれ。おれは五兵衛を呼びに行かなければならぬ」

「そうおっしゃるなら……」

音次郎は橋場町に入ったところで三九郎と別れ、五兵衛のいる旅籠に入った。

「これから行かれますか？」

五兵衛は顔を合わせるなりそんなことをいった。伊左吉と早く話をつけたい素振りだ。

「まだ、昼前だ。伊左吉と会うのはあとにしたい。その後、太郎兵衛からの知らせはどうだ？」

「ありません」

「さようか。しからば、ちょいとついてまいれ。会わせたい人がいる」

「誰です？」

「わたしの仲間だ」

五兵衛は怪訝《けげん》そうに首をかしげたが、おとなしくしたがった。

表はかんかん照りである。昨日の雨で出来た水溜まりも少なくなっている。往来を歩く者たちは誰もが暑さにまいった顔をしていた。

音次郎は五兵衛が抱え持っている葛籠《つづら》を見た。

「その金は最後の手段だ。できれば使いたくない」

「しかし、おせいを取り戻すには金がいります」

「わかっている。だが、うまく話をしたい。そのために鶴亀の悪事を暴きたいのだ」

「穏やかに話ができればよいのですが……」

音次郎とて話のわかる相手ならそうしたい。しかし、伊左吉はそんな男ではない。

飛驒屋に着くと、そのまま五兵衛を連れて村垣の客間を訪ねた。

村垣は五兵衛に鋭い眼差しを向けて、そばにうながした。

「村垣さんとおっしゃる。わたしと同じ旅をしている」

「宮腰《みやのこし》で商売をやっているそうだな」

村垣は音次郎を遮るように口を挟んだ。

「へえ」

「組合頭をしていると聞いたが……」

村垣は扇子《せんす》をパッと広げてあおいだ。目は五兵衛に据えられたままだ。

「組合頭といっても、わたしの住んでおります町の町役でございます」

「すると、宮腰には何人もの組合頭がいるということか」

「さようです。組合頭の上には肝煎《きもいり》がおりまして、その上には町年寄がいます」

「なるほど。しかし、おぬしは宮腰のことには詳しい。そうだな」

「へえ、あの土地で生まれ育ちましたので……」

「前田家にとって宮腰は大事な港である。お触れやお指図も組合頭には届くのであろうな」

「何かお達しがあれば、それを町内に告げるのがわたしの役目ですから……。でも、なぜそんなことを？」

「おれたちはただの旅人ではない。公儀からの使いだ」

「は……」

音次郎も直截《ちょくせつ》なことをいう村垣に驚き、片眉《かたまゆ》を動かした。

「わたしは将軍様から直々《じきじき》の命令を頂戴《ちょうだい》して動いている者だ。嘘ではない。疑うのであれば、手札を見せてもよい」

「しょ、将軍様とおっしゃいますと……」

「将軍家斉《いえなり》公のことである」

「はあ」

五兵衛は目を見開き、口をぽかんと開けた。

「このこと決して他言ならぬ。そこであらためて訊《たず》ねるが、宮腰はいつもと変わらないそうだな」

「あの、それじゃ佐久間さまも、同じご公儀の……」

五兵衛は村垣の問いには答えず、音次郎を見た。

「騙《だま》すつもりはなかったが、容易《たやす》く打ち明けるわけにはいかなかったのだ」

「すると、単に宮腰に立ち寄られたわけではないのですね」

「いかにもさようだ」

五兵衛はやっと納得のいった顔になった。

「すると奥様だというお藤さんも……」

音次郎がうなずくと、五兵衛はあきれたように首を振った。

「五兵衛、もう一度聞く。宮腰はいつもと変わらないのだな」

村垣が扇子を閉じて、再度同じことを聞いた。

「はい、変わりはありません。お城からのお達しやお指図などもありません。しかし、なぜそんなことをお訊ねになるんです？」

「前田のお殿様はこの春ご帰国されたが、それに合わせるように二つの学校が開校の運びとなった。上様はそのことをご懸念されておる。であるから、おれたちがここ金沢に遣わされてきたという次第だ。隠すことなく申すが、前田家の動きを巡見に来ているのだ」

「……そうだったのでございますか」

五兵衛はぽかんと口を開いて、音次郎と村垣を交互に見た。

「こんなことを打ち明けるのは、佐久間からおぬしの人柄を聞いているからであるし、また佐久間はおぬしのためにひと働きしようとしている。そんな人間を裏切ってはならぬし、商売人らしく口の堅い男だと信じてのことだ。いまいったことは、かまえて他言無用に願う。わかったな」

「あ、はい。決して……」

「よし。佐久間、宮腰のことはこれでおれも納得がいった。五兵衛はなかなか見所のある男のようだ。面倒を見てやれ」

村垣はそういうと、閉じたばかりの扇子を開いてぱたぱたとあおいだ。五兵衛の用はすんだという合図に取れた。

音次郎が退出するように五兵衛をうながすと、

「佐久間、夕刻には戻ってくるのだ。忘れるな」

村垣が釘《くぎ》を刺すようにいった。

四

旅籠の表に出た音次郎は、五兵衛を振り返った。

「村垣さんも申されたが、おれたちのことはくれぐれも漏らしてはならぬぞ」

「はい、わかっております」

「それでおせいのことだが、太郎兵衛の調べを少し待ちたい。他にもおまえは頼んでいる者がいるな。その者の調べも知りたい」

「鶴亀との話し合いはいつに……」

音次郎は高い空をあおぎ見、まぶしい太陽に目を細めた。

「おまえは早く話をつけたいだろうが、今日は待て。もし太郎兵衛らの調べがうまくいっていないようなら、これ以上先に延ばすこともないだろう。……伊左吉との話し合いは明日にする」

音次郎は五兵衛をじっと見つめた。

「……わかりました。それじゃ今日一日、待つことにいたします」

「だが、必ずおせいは取り返す。それだけは約束する。よいな」

「お願いいたします」

五兵衛は深々と頭を下げた。

「明日おまえの旅籠を訪ねる」

音次郎はその場で五兵衛を見送って、自分の旅籠に戻った。


夏の日は長い。

時の鐘が夕七つ(午後四時)を打っても、日はまだ高い空に浮かんでいた。村垣は約束には早いが、宮野と落ち合う店に足を運んだ。音次郎と三九郎が供につく。

高瀬舟と荷船の下る浅野川はきらきらと輝き、今日も加賀友禅を染める作業をしている男女の姿が川岸に見られた。岸辺に沿う桜や松の木から蟬時雨《せみしぐれ》が降ってくる。

「三九郎、おまえは表を見まわってくれ。この前のように帰りに襲われてはかなわぬ。ただし、宮野に悟られるな」

村垣は陽月のそばで立ち止まった。

「承知です」

三九郎が一方に去ってゆくと、音次郎と村垣は陽月に向かった。小料理屋の数は多くないが、どの店にも紅殻《べんがら》の加賀格子がはまっている。

音次郎は村垣のあとにつづいて、陽月に入った。村垣が宮野との待ち合わせを口にすると、女中が二階奥の間に通してくれた。客はまだいない。

「いいところですね」

音次郎は窓から浅野川を眺めていった。

「これでもうちょっと涼しければ申し分ないのだが……」

村垣が扇子を開いたとき、女中が酒肴《しゅこう》を運んできた。

二人は暇をつぶすために、盃をゆっくり傾けた。しばらくすると、襖《ふすま》の奥から笛が聞こえてきた。心をゆすぐような雅《みやび》な音色である。

「気を利かしてくれているのだろう。……なかなか風流なことをやる店だ」

村垣は盃をほして、音次郎を見た。

「おまえにいっておくことがある」

「何でございましょう」

「その前に……」

村垣が立ちあがって、笛の音のする襖を開いた。若い女がそこに座っており、吹いていた笛を膝に置いた。その顔にわずかな驚きが掃かれている。

「いい音であった。ちと大事な話があるゆえ、外してくれぬか」

村垣にいわれた女は、丁寧に頭を下げて一階に下りていった。すっかりその気配が消えてから、村垣は再び口を開いた。

「申すまでもないが、おれの役目はいつ命を落とすかわからぬ。今後もおぬしには、お庭番のあとの始末をする役目が遣わされるだろうが、それはおれにかぎったことではないということだ」

「………」

「次は違うお庭番からの指名があるやもしれぬ。そう心得ておいてもらいたい」

「……わかりました」

「それから、もうひとつ。上様に忠実な家臣の所領を乱すやつらを見逃すな」

「わきまえております」

音次郎は静かに酒に口をつけた。お庭番が役目を果たすためにその身を守り、また内偵を終えた国の治安を乱す者を許すなということである。

「前田家のことはあらかたわかった。宮野にはこれまで調べたことに間違いがないかたしかめるだけだ。もし、問題がないとわかれば、おれはそうそうに江戸に戻らねばならぬ。そう心得ておいてくれ」

「承知しました」

銚子《ちょうし》をもう一本だけ追加して、宮野を待った。

日はようようと暮れはじめている。障子が西日に染まり黄色くなってきた。風が出てきたらしく、日除けの葦簀《よしず》が揺れて、風鈴が鳴った。

宮野がやってきたのは、それから間もなくのことだった。

五

「来てくれたか。どうやら約束は守る男のようだな」

腰をおろした宮野を見た村垣は、からかうようなことを口にして言葉を継いだ。

「先日のような洒落《しゃれ》た真似は御免蒙《こうむ》る」

宮野は汗を拭《ふ》いた。

「それで早速話を聞かせてもらおうか……」

「その前に、なるの方との一件は内聞にお願いできますな。それを約束してもらわなければ、話すことはできぬ」

「ありていに話してくれればすむことだ。貴殿のことはそれで忘れる」

「しかと約束してくださるな」

「武士に二言はない。拙者は約定《やくじょう》を違《たが》える男ではない。ただし、貴殿の話の中身次第だ。嘘がわかれば、拙者の知ったことではない」

宮野は音次郎をちらりと見て、また額と首筋の汗をぬぐった。

そのとき、女中が注文を取りに来たが、

「しばらく人払いだ。注文はあとにしてくれ」

と、村垣が断った。

女中の足袋《たび》と衣擦《きぬず》れの音が階段に消えると、宮野が硬い表情のまま口を開いた。

「先に申すが、前田家に謀反の意思などまったくない。明倫堂と経武館の創立は、前田家五代目当主・肥前守綱紀《ひぜんのかみつなのり》さまの遺志を継ぐもので、かつ殿のたってからの願いであった。その主意は広く人材を登用するために人間の育成をはかることにあり、他意はない」

「学問修養の場であろうが、いかようなことを教える」

「幕府の官学となっている朱子学を主に講義することになっている」

「主にと申されたが……」

村垣は言葉ひとつ漏らさぬ目つきである。音次郎は二人のやり取りを黙って見守っているしかない。

「算術や天文や本草学《ほんぞうがく》も講義の予定でござる」

「なるほど。それで子弟はどれだけ募る」

「当初は二百人から三百人だと聞いている。武士以外の者も受け入れる予定ではあるが、多くはないはずだ」

「京から新井白蛾《あらいはくが》なる方が学頭に招かれるそうだが、間違いはなかろうか」

「いかにもそのとおりでござる」

「経武館については……」

宮野征之助は村垣がつぎつぎと繰り出す質問に、澱《よど》むことなく答えていった。その口調には一切の偽りも感じなければ、取り繕《つくろ》ったところもなかった。そばで聞いている音次郎にはそのことがよくわかった。

経武館も明倫堂と同じ目的を持っているが、こちらは武芸が主で、馬術・剣術・弓術・柔術・組討などを、家臣から選ばれた師範が指導することになっていた。募集人員も二百人ほどだという。

一応の説明を終えた宮野はさらに言葉を足した。

「金沢城は幾度かの大火に見舞われ、修復がはかばかしくない。ご存知のように天守を持たぬ平山城のままである。さらに殿が住まわれ、重臣の年寄らと政務を執り行う二の丸御殿も、未だ普請《ふしん》の最中。これには莫大《ばくだい》な費用がかさむし、正直なところ前田家の台所は決して楽ではない。幕府に対して弓を引こうとする意図など、まったくない。仮に幕府に弓を引こうとしてもその余裕などないのでござる。それが偽りのないすべてでござる」

「ふむ」

「また、わたしは神かけても偽りは申しておらぬ」

話し終えた宮野は、村垣を真正面から見つめた。

西日が翳《かげ》りはじめたのか、部屋のなかが暗くなった。

「相わかった。貴殿のはたらきに礼を申す」

しばらくして村垣は、これまでの不遜《ふそん》な態度をあらため、殊勝に頭を下げた。

「それより例のことは口が裂けても……」

「ご懸念あるな。先に申したように約束は守る」

「ひらにお頼み申す」

宮野は軽く頭を下げると、もうよいかと訊ねた。

「大儀でござりました」

宮野が去ってゆくと、村垣はふっと嘆息をした。それから音次郎を見て、

「おれの役目はこれで終わりだ。明日、江戸に戻る」

といった。

「明日発《た》たれますか……」

「用はなくなった。あとはおまえの好きにするがよい。三九郎とお藤はいかがする？　置いていってもかまわぬぞ」

「それは明日の朝、決めさせてもらえますか」

「わかった」

六

陽月を出たとき、ぱらっと雨が降ったが、それはただの通り雨だったらしくすぐにやんだ。音次郎は橋場町に戻ったところで村垣と別れ、その足で五兵衛の旅籠に向かった。

昼間の熱波で乾いた地面が、さっきの通り雨で黒く湿り、暑さがいくらかやわらいでいた。

「お待ちしておりました」

　五兵衛は音次郎の顔を見るなり、声をはずませ目を輝かせた。

「何かあったか？」

「へえ、大ありでございます。死体が見つかったそうなんです。それだけではありません。鶴亀の伊左吉という主は、盗賊の頭だというんです」

「まことに……」

「へえ、このところなりを潜《ひそ》めていますが、ときどき大きな商家に盗人が入る騒ぎがあります。その賊こそが鶴亀の伊左吉だというのです」

「いったいそれをどこで……」

「わたしが贔屓《ひいき》にしている古い呉服屋があります。うちの古着屋ともつながっておりまして、そこの旦那が囲っていた女に死なれたのがつい十日ほど前です」

「落ち着いて話せ」

　音次郎は窓の障子を開けて、座りなおした。

「旦那の妾《めかけ》はお朝《あさ》というなかなかの美人だったのですが、そのお朝が死ぬ前に、ぽろっと漏らしたことがあるんです」

――旦那、死ぬ前にひとつだけ伝えたいことがあります。

臨終の際に、お朝は呉服屋を営む彦兵衛《ひこべえ》の手を取ってそういったそうだ。

――あたしは昔盗賊の女だったのです。ずいぶん悪事の手伝いをしました。その頭というのが、石坂で女郎屋をやっている伊左吉です。盗賊仲間の間では〝親不知《おやしらず》の伊左吉〟と呼ばれています。

――親不知の伊左吉……。

――とにかく恐ろしい男です。押し入った店の者を殺すのはあたりまえですが、若い女を殺すのは手込めにしたあとです。旦那、去年の秋に越後屋《えちごや》に入った賊のことは覚えておいででしょう。

彦兵衛はもちろん覚えているとうなずいた。それは四百五十両の金が盗まれ、店の主《あるじ》家族と奉公人合わせて十一人が殺されるという悲惨な事件だった。

――あれも、伊左吉の仕業です。

――どうしてそうだといえる?

――犯されて、首を絞められて殺されていたのは、お弓《ゆみ》ちゃんでした。うちの家にときどき遊びに来る可愛い子でした。旦那も知っているでしょう。越後屋で大変なことがあったという知らせを聞いて駆けつけたあたしは、お弓ちゃんの亡骸《なきがら》に取り乱してすがりつきました。そのとき、お弓ちゃんがしっかり握っているものに気づいたんです。それは伊左吉が気に入っていた煙草入れでした。それであの男の仕業だと気づいたんです。

お朝は布団の下からその煙草入れを出した。

――気づいていて、なぜ訴えなかったのだ？

――奉行所に訴えれば、わたしの身が危ういと思ったからです。あの男には人を人と思わない恐ろしい仲間がいます。だから、ずっと黙っていたのです。

――そんな仲間がいるのか……。

――あの男は地獄に堕ちなければなりません。旦那、あの男を……決して許しては……。

「お朝さんはそこで息絶えたそうです」

五兵衛はそういって、これがその煙草入れですと、差し出した。それは黒革に竜の形をした金象嵌《きんぞうがん》が付けられていた。

「伊左吉のお気に入りの煙草入れだったそうで、仲間だけでなく鶴亀の女郎たちにも自慢していた品だといいます」

「しかし、その彦兵衛という男はなぜいままで黙っていたのだ」

「お朝さんと同じように、賊の仕返しが怖かったからだといいます。ですが、これはきっと使えるのではありませんか……」

五兵衛は生つばを呑んで喉仏《のどぼとけ》を動かした。

「うむ。言葉は悪いがいい種を拾った。それで、死体が見つかったといったな」

「はい、一月ほど前に鶴亀からいなくなった菊乃のようなんです。昨日の雨で死体に被せてあった土が流れて、出てきたらしいんです。死体は腐っているといいますが、着物から菊乃のようだと……」

「天の目は誤魔化せぬというわけだ」

つぶやいた音次郎は宙の一点を見つめて、漂う蚊遣《かや》りの煙を掌で払った。

「五兵衛、菊乃殺しの嫌疑はともかく、越後屋の一件は見過ごせぬ事実である。これより伊左吉と談判に向かうが、金は置いてゆけ。もうその要はないだろう」

「それで大丈夫でございましょうか……」

「まかせておけ」

二人はすぐに旅籠を出た。

外には夜の帳《とばり》が下りていた。空に雲はあるが、星が散らばり、叢雲《むらくも》に月が呑まれるところであった。人の通りは昨夜の雨に比べれば多い。夕涼みがてらそぞろ歩く町の者たちの姿もあった。

音次郎は片町に入ったところで、ふと足を止めた。脇の路地からひとりの男が出てきたからだった。手綱柄《たづながら》の着流しに、絽《ろ》の長羽織。腰には反りの大きい長刀。

助九郎の仲間である。昼間も観音院近くの家にいた男だ。

男は音次郎に気づく素振りもなく、犀川大橋を渡っていった。

「五兵衛、気をつけてついてまいれ」

音次郎はそのまま男を尾《つ》けた。石坂の通りに入ると、人影もまばらになったので、提灯の火を消した。男はそのまままっすぐ歩きつづけ、鶴亀をやり過ごして、すぐそばにある畳屋に入っていった。

音次郎は立ち止まると、男が消えた畳屋を凝視した。

第七章　石置場

一

「どうなさったのです？」

五兵衛が怪訝《けげん》そうな顔をした。

「あの畳屋に入った男は、かぶき者の梅津助九郎の仲間だ。なぜ、あそこへ……」

音次郎は五兵衛の腕をつかみ、物陰に身を移した。

「あの男の家が畳屋なのか。それとも……」

そういったとき、畳屋の戸が開き、さっきの男と新たな男が表に姿を現した。

「助九郎だ」

「えっ」

「いま出てきた背の高いほうがそうだ。なぜ、あそこに……」

音次郎の横にいる五兵衛は、息を呑《の》んだ顔で助九郎を見つめていた。

「伊左吉はかぶき者らとつながっている。ひょっとすると、伊左吉を脅したおれたちを警戒して用心棒に立てているのかもしれぬ。……鶴亀で揉《も》め事が起きると、助九郎らが動くという。そうだな」

「へえ……」

「伊左吉はおせいのことで掛け合いに来るおれたちのことを待っているのかもしれない。ことによると、百両で話をつける。おせいも返してくれる。しかし、そのあとで助九郎らを動かして闇討《やみう》ちをかけさせる。そういう魂胆かもしれぬ」

「それじゃ今夜は……」

五兵衛が声を漏らしたとき、助九郎とさっきの男がまた畳屋に消えた。

「邪推かもしれぬが、伊左吉はあくどい男だ。安易に考えないほうがよかろう。五兵衛、今夜は帰ることにしよう」

「話し合いはどうするのです？」

「助九郎たちが見張っているのだ。いまここで鶴亀を訪ねるのは賢明とはいえぬ」

音次郎は強引に乗り込むことも考えたが、五兵衛を危険な目にあわせることになる。

それは避けなければならない。

目の前を小さな明かりが彷徨《さまよ》った。それもひとつではない。そこにもあそこにも、ふらふらと小さな光が舞っている。蛍《ほたる》だった。

しばらく様子を見たが、畳屋に動きはなかった。鶴亀から客がひとり出ていっただけで、通りは静かだ。

音次郎は夜空をあおいだ。星たちがきらめいている。

「やはり、出直そう」

音次郎は畳屋で見張っている助九郎たちに気づかれないように、来た道を引き返した。

「話し合いはいつに……」

「明日だ。それも夜ではなく昼間がよかろう。人目の多い昼間なら、助九郎らも滅多なことはできぬ。それに、こっちも助《すけ》を頼む」

「助を……」

「頭を使って動かねばならぬ」

音次郎は背後を振り返った。

尾行されている気配はない。あやしい人影もなかった。

畳屋で見張りをつづけている新五郎は苛立《いらだ》っていた。もともと気の長いほうではない。それに助九郎の落ち着きのなさにも、辟易《へきえき》していた。

さらに、昨夜、崎田勘兵衛を斬《き》ったことが気になっていた。人違いをして殺してしまったのだ。斬ったのは助九郎だが、露見すれば新五郎も同罪となる。

しかし、死体は雑木林の奥に埋めてしまった。深く埋めることができなかったので、いずれ発見されるかもしれないが、自分たちが口を閉じていさえすればわかることはない。それでも新五郎は罪の意識に駆られていた。

――いや、昨夜のことは忘れるのだ。

と、新五郎は心の内でつぶやいた。それからゆっくり家のなかに視線を這《は》わせた。

畳屋の老夫婦は家の奥に引っ込んで滅多に顔を出そうとしない。酒だ飯だと注文をつけると、女房が迷惑顔でやってきてはすぐに下がっていく。

「ただで邪魔をしているのではない。それに迷惑をかけているのは承知しているのだ。そう毛嫌うような顔をするな」

相応な心付けを渡している新五郎はいってやるが、年のいった女房はにこりともしない。もともと愛想のない女なのだとあきらめていた。

「旦那《だんな》、今夜やつらが来なかったらどうします。無駄なことをしてるんじゃありませんか」

またもや助九郎が痺《しび》れを切らしたことをいった。

「ここまで粘っているのだ。あきらめたらそれで終わりってこともある」

「そりゃそうでしょうが……」

「伊左吉は、佐久間は必ず来るといったではないか」

新五郎と助九郎は、昼間、伊左吉に会っていた。

「いつ来るかはわからないともいいましたよ。十日や三月先だったらどうします」

「そんなことはないはずだ」

新五郎はぐい呑《の》みの酒をあおって、扇子《せんす》をぱたぱたとあおいだ。首筋に止まった蚊をたたきつぶす。横目をやっているとき、見張りはずいぶんやった。たしかにじみで飽きのくる仕事だ。投げだそうとしたことは何度もあるが、そのたびに上役に諭《さと》された。

――これまでの苦労を無にしないためには、辛抱がなければならぬ。短気を起こすな。

たしかにそのとおりだった。嫌気のさす見張りで何度もいい種を拾ったのだ。

「それで旦那、明日やつが来なかったらどうします？」

「そのときは……」

新五郎は言葉を切って、親指と人差し指で眉間《みけん》を揉《も》んだ。

「銭屋に行ってみる。佐久間という男は銭屋に頼まれている。いっしょにいるかもしれぬ」

しかし、それは確信のないことだった。もし、佐久間が公儀お庭番であれば、女郎を取り戻すことにこだわりはしないはずだ。実際、伊左吉には断られている。面倒事を嫌がって、すでに城下を去っているかもしれない。そうなると、まったくのお手上げである。

「とにかく、もう一日だ。明日様子を見てから決める」

新五郎はそういうしかなかった。

二

翌朝、音次郎は浅野川大橋まで村垣を送っていった。お藤も三九郎もいっしょである。

昨日と同じように天気のよい日だった。乾いた地面に人の影がくっきりしている。

橋を渡ると、村垣は立ち止まって城下を振り返り、緑濃い卯辰山《うたつやま》をあおぎ見た。蟬の声が沸いている。

「ここでよい。お藤、三九郎、江戸で会おう」

「お気をつけてお帰りください」

お藤が差し出す振り分け荷物を受け取った村垣は、静かな眼差しを音次郎に向けた。

「佐久間、命は粗末にするでない。それから二人のことよろしく頼む。では」

村垣はそういうなり、さっと背を向けてひたひたと歩き去った。

音次郎たちはその姿が小さくなるまで、見送っていた。

村垣は北国街道から北国下街道、中山道という順路で江戸に帰るのであった。前田家が参勤交代で主に利用する道順と同じである。村垣の姿はやってくる旅人の一団とすれ違い、やがて曲がった道に消えていった。

「それではまいろう」

音次郎はお藤と三九郎に声をかけて、城下の中心部に向かって歩を進めた。お藤は手拭《てぬぐ》いで頰被《ほおかむ》りをしていた。日除けを兼ねてのことである。三九郎は例によっておしゃべりをはじめた。

村垣は堅苦しいが悪い人ではない。昨夜の飯はまずかった。今朝の飯はよかったが、先に他の客に厠《かわや》に入られ、思わず漏らしそうになったなどと、とりとめがない。

朝の往来は人が多い。中間《ちゅうげん》、小者《こもの》を連れた侍たちが城に吸い込まれるように向かって行けば、商家の奉公人たちが支度に忙しい。

天秤棒《てんびんぼう》を担ぐ行商の野菜売りや魚屋が行き交い、普化僧《ふけそう》が尺八を吹きながら歩き、定斎屋《じょうさいや》が薬箱を置いて鐶《かなわ》のひびきをたしかめている。

音次郎は昨夜、鶴亀の主がじつは親不知の伊左吉と呼ばれる、極悪非道の盗賊であることを話していた。去年、越後屋に押し入り四百五十両を盗むだけでなく、女を手込めにして、店の者十一人を斬殺《ざんさつ》したということである。

三九郎もお藤も、そして村垣もそういう悪党をのさばらせておくことはできないと憤った。お藤と三九郎は音次郎が助を頼む前に、自分たちも一役買いたいといった。

それは村垣とて同じであったろうが、音次郎たちをしっかり見てこういった。

「おれは江戸に戻らねばならぬのであとのことはまかせるが、ここは上様の大事な家臣の国である。その国を乱し、人としてあらざる行いをするやつは、詰めて考えれば上様につばを吐きかけているのと同じ。非道の輩を許してはならぬ」

もっとも町奉行所に伝えてもよいが、そうすれば音次郎たちが公儀の使いであることが知られてしまうし、他の手を使ったとしても、いずれ面倒である。

それに、おせいを取り戻すのはまた別の問題であるから、結局は音次郎たちが腰をあげるしかないのである。

「太郎兵衛さんがさっき見えましたが、その後はこれといってわかったことはないようです。しかし、見つかった死体は、やはり鶴亀にいた女郎の菊乃だったようです」

五兵衛は旅籠《はたご》を訪ねてきた音次郎に、まずそのことを伝えた。

「他のことはもうよいだろう。こっちには伊左吉を追いつめる種がある。その証拠も揃《そろ》っている」

音次郎は昨日五兵衛から預かった煙草入れを懐から出した。

「ついては伊左吉を呼び出すことにする」

「訪ねるのではなくて……」

「店の近くにはかぶき者たちがいる。あやつらに邪魔をされては面倒だ。そこで、ひとつ知恵をはたらかせる」

「何でございましょう」

五兵衛は音次郎を見て、それからお藤と三九郎を眺めた。

三

伊左吉は庭の朝顔に水をやり、おせいに運ばせた冷たい井戸水に口をつけたところだった。飲みすぎた翌朝の水ほど美味なものはない。

水が胃の腑《ふ》に落ち着くと、大きく息をしてから、部屋の隅に控えるおせいを振り返った。

「飯の支度はできているのか？」

「はい。いつでもご用意できます」

おせいには細々とした身のまわりの世話をさせていた。客を取らせるには、まだ幼すぎるからだし、まだ胸や尻には肉のつきが足りなかった。

「それじゃ運んでくれるか」

おせいは黙って頭を下げると、奥座敷を出ていった。

伊左吉はその後ろ姿を見て、ふんと鼻を鳴らした。おせいのつまらなそうな顔が気に入らないのだ。もっとも店にやってくる女たちは、当初はあきらめが悪く同じような顔をするが、それも数日で観念し、古手《ふるて》の女郎たちの指導もあり少しずつ開きなおってくる。

だが、おせいは頑《かたく》なである。心を開かないだけでなく、他の女とうち解けようともしない。それなのに、いわれたことは如才なくこなす。若いわりには立ち居振る舞いもよい。仕込めばいい女になることはわかっている。

「……慌てることはないだろう」

つぶやいた伊左吉は煙管《きせる》に刻みを詰めた。

他の女たちはまだ寝ているので、店のなかは静かである。煙草に火をつけようとしたとき、おせいが戻ってきた。

「旦那さん、手紙が届きました」

「手紙……」

伊左吉はおせいの差し出す書簡を受け取り、

「誰がこれを？」

と、おせいを見た。

「五、六歳の男の子です。近所の子だと思うのですが……」

「子供が……」

伊左吉は手紙を開いた。差出人は銭屋五兵衛だった。二百両払うのでおせいを返してくれと書いてある。もちろん身請《みうけ》証文も引き替えだと念を押してある。

伊左吉は目を瞠《みは》った。二百両なら申し分ない。それにしても、ずいぶんとおせいにこだわる男だと、おせいを眺めた。見られたおせいはうつむいた。

さらに、手紙には金とおせいの受け渡し場所が指定されていた。話し合いはそこでしたいということだ。

手紙を読み終えた伊左吉は、宙の一点に目を置いた。もう一度この店に掛け合いに来ると思っていたが、呼び出しをするとは生意気なことを……。

しかし、二百両を払ってくれるなら申し分ない。もっとも佐久間というあの侍がいっしょであろうから、気をつけなければならない。

――よし、応じてやろうじゃねえか。

伊左吉は胸中でつぶやくと、

「おせい、飯はあとまわしだ。おまえといっしょに出かける」

「へっ……わたしも……」

うつむいていたおせいが、びっくりしたように顔をあげた。

「そうだ。黙ってついてくればどういうことだかわかる」

伊左吉は着替えにかかった。

呼び出しの場所は、犀川の崖上《がけうえ》にある石伐町《いしきり》だった。店から歩いてもさほどの距離ではない。鮫小紋《さめこもん》の着流しに、絽の羽織を肩にかけた伊左吉が店を出たのは、それからすぐのことだった。もちろんおせいを連れてのことだ。

しかし、店を出る前に帳場に座るお袖《そで》に小さく耳打ちしていた。

「出かけるが、仲間に知らせてくれ」

仲間とは助九郎たちではなかった。盗み働きをするときにいっしょに動く、三人の用心棒のことだった。

その男たちは鶴亀の背後にある家に住んでおり、普段は賭博三昧《とばくざんまい》の暮らしをしている浪人だった。そして、何か大事な用があるときは、お袖が知らせに行くことになっていて、他の女郎たちは何も知らなかった。

新五郎は胸を大きく広げて、団扇《うちわ》で風を送り込んでいた。視線は障子を少し開けた先に見える鶴亀にある。

「伊左吉が出かけるようだ」

新五郎は団扇をあおいでいた手を止めてつぶやいた。煙管を吹かしながら足を投げだし、柱にもたれていた助九郎が、体を起こして表を見た。

「女がいっしょですね。さっきはどこかのガキがやってきて、今度は伊左吉さんが外《そと》出《で》か……。この暑い盛りにご苦労なことだ」

助九郎は煙管の灰を灰吹きに落とした。

吊《つる》されている風鈴が、ちりんちりりんと鳴っている。

新五郎は日盛りの道に遠ざかっていく伊左吉と、供の女の後ろ姿に目を注ぎつづけていた。行商人と二人の百姓が先の路地から出てきて、伊左吉らのほうへ歩いていった。

「伊左吉はいつも女を連れて外出をするのか……」

新五郎は助九郎を振り返った。

「そのときどきじゃないですか」

新五郎は鶴亀を眺めた。

二階の客間の雨戸は開け放されているが、一階にある女郎たちの部屋の縁側は閉まっているか、葦簀《よしず》をかけてある。

「女郎はまだ寝ている刻限ではないか」

「もう昼四つ（午前十時）過ぎですからそろそろ起きるころでしょう」

「すると伊左吉が連れて行った女は、早起きをしたというわけであるか……。それと

「帳場に座っている婆だったんじゃ……」

そこまでいった助九郎は、はっと何かに気づいた顔になり、もう一度表に目を向けた。だが、すでに伊左吉と女の姿は見えなくなっていた。

「助九郎、さっきの女は年寄りではなかった。横顔をちらりと見ただけだが、小柄で痩《や》せた若い女だった」

「まさか、おせい……」

二人は目を見交わした。

「助九郎、佐久間と五兵衛は店で話し合いをするのではなく、伊左吉を呼び出したのではないか。さっきやって来た小僧は佐久間たちの言伝《ことづて》を預かっていたのではないか」

「旦那、もしそうだったら追いかけなきゃ……」

「その前に、鶴亀に行って伊左吉の行き先を聞き出すのだ」

新五郎は刀を引き寄せた。

そのとき、助九郎の子分三人が表の道に現れた。

四

音次郎たちは崖上の石切場にある大きな銀杏《いちょう》の木陰にいた。

高台なので吹きあげてくる風が気持ちよい。日向《ひなた》と違い木陰に入れば暑さをしのぐことができた。

気が気でないのか五兵衛が落ち着かない顔つきでそばに立っていた。お藤と三九郎は、伊左吉が用心棒を連れてくるかもしれないので、途中の道にひそめさせていた。

「五兵衛、こっちには仲間がいる。万が一、伊左吉が汚い手を使ってきても、狼狽《うろた》えることはない」

音次郎はそういって石切場の表に足を進めた。すぐそばに稲荷《いなり》神社がある。五兵衛はこの石切場だったら、伊左吉もすぐにわかるはずだといっていた。

道はすぐ先で、なだらかに下っている。その坂道には陽炎《かげろう》が立っていた。音次郎は坂下の遠くに視線を投げたが、人の姿はなかった。

崖下を流れる犀川が高く昇った日を照り返している。その先の城下は炎暑につつまれ、緑の繁茂する城はもやっているように見えた。

もう一度陽炎の立つ道に視線を戻したとき、伊左吉とひとりの女の姿が見えた。女はおせいである。音次郎は目を凝らして、やってくる二人を眺めた。

石切場奥の雑木林で蟬の声が沸き立っていた。

「五兵衛、来たぞ」

音次郎は声をかけて、五兵衛のもとに戻った。五兵衛は不安と期待のいりまじった顔をしていた。

ほどなくして伊左吉とおせいが、石切場の前に現れた。顔中に汗を噴き出している伊左吉は、首筋を手拭いでぬぐった。

おせいは驚いたようにつぶらな瞳を大きくして五兵衛と音次郎を見た。初々しい頰につうっと一筋の汗がつたっていた。美人ではないが、理知を感じさせる面立ちだった。

「おせい……」

五兵衛がつぶやいた。その声を遮るように、伊左吉が言葉を被せた。

「約束の金は持ってきてるのだろうな」

「ああ、ここにある」

音次郎は五兵衛が小脇《こわき》に抱えていた葛籠《つづら》を受け取って掲げた。

「まずはおせいと身請証文を返してもらおうか」

「その前に金を見せるんだ」

伊左吉がおせいの肩を押して近づいてきた。石切場は広く、伐り出された石があちこちに積まれていた。

「見せろ」

伊左吉は銀杏の木陰に入ってきて催促した。

音次郎はいわれたまま葛籠の蓋《ふた》を取って見せた。きらめく小判が目にまぶしかった。

伊左吉の目が強欲に光った。

「ちゃんと二百両あるんだな」

「それはおまえが数えればすむことだ。証文とおせいをこっちに渡してもらおう」

伊左吉は身請証文を懐から出した。音次郎はひったくるようにして奪うと、そのまま五兵衛に渡した。

「おせいを……」

音次郎が催促すると、伊左吉はどんとおせいの肩を突いた。その勢いでおせいはよろけるようにして、五兵衛の胸のなかに飛び込んだ。

「五兵衛さん」

「おせい、もう心配はいらない。宮腰《みやのこし》に帰るのだ」

「ほんとに……ほんとに帰れるんですか？」

「ああ、金を戴《いただ》けばおれは文句はねえ。とっとと好きなところに帰りやがれ。さあ、金を渡してもらおうか」

そういい放った伊左吉が、金の入った葛籠を受け取ろうと手を伸ばしてきた。その刹那《せつな》、音次郎は葛籠を放り投げた。

葛籠は地面に転がり、甲高い金音を立てて小判を散らせた。しかし、それは葛籠のなかに巧妙に敷いた二十両で、見せ金の下は河原で拾った小石だった。

はっと目を見開いた伊左吉の目が、怒りに変じ、頬肉が引き攣《つ》れたように震えた。

「てめえら騙《だま》しやがったな」

「それはおまえがおせいを買った金だ。黙って持って帰るのだ」

「ふざけたことを……。舐《な》めたことぬかすんじゃねえ！」

「黙れッ。きさまのような外道にこれ以上払う金はない。去年の秋、きさまは越後屋に押し入り十一人を斬り殺し、四百五十両をまんまと奪い取った悪党であろうが。無論、その他にも悪事を重ねているのはたしか」

「な、なんと……」

伊左吉はにわかに驚きの顔をしたが、すぐに余裕の笑みを脂ぎった頬に浮かべた。

「証拠もなく妙なことをいうんじゃねえ」

「ほう、それならこれは……」

音次郎は袖に隠し持っていた煙草入れをさっと取りだした。伊左吉の目がまた驚きに見開かれた。

「これが何よりの証拠。きさまは越後屋の女中お弓を犯して殺した。そのとき、お弓はきさまのこの煙草入れをつかみ取って息絶えたのだ」

「どうしてそれがおれのものだといえる」

伊左吉は汗の噴き出る顔を紅潮させた。

「おまえには昔、お朝という女がいたそうだな。そのお朝がちゃんと知っていたのだ。また、親不知の伊左吉の通り名で盗人働きをするきさまの仲間も、この煙草入れのことは当然知っているそうではないか」

「てめえ、それを……」

「きさまの身は町奉行の手に渡す。そうすれば何もかも明らかになる。もう逃げられはせぬ。もとより女郎屋はこの国では御法度《ごはっと》の商売。悪事が明かされれば、目こぼしも受けられぬというわけだ。きさまの運もこれまでということである。観念いたせ」

音次郎の脅しに、伊左吉は目を左右に動かして身構えると、さっと匕首《あいくち》を懐から抜いた。そのとき、石切場の前にひとりの行商人と、二人の百姓が現れた。

「はかられた！　この男を始末するんだ！」

伊左吉が音次郎から逃げるように下がると、二人の百姓が抱えていた菰《こも》をさっと払い落として、包んでいた刀を鞘走《さやばし》らせた。頬被りした行商人も背中に背負《しょっ》ていた行李《こうり》を落とすなり、隠していた刀を抜き払った。

「やはりそうであったか……」

変装した三人の用心棒を見た音次郎は、五兵衛とおせいに下がっていろと命じて、愛刀・左近国綱《さこんくにつな》を引き抜いた。

五

陽光を弾く刃が風を切りながら、耳許をかすめたその一瞬後、音次郎は抜いたばかりの刀を横薙《よこな》ぎに払い、さらに相手の第二撃を封じるために牽制《けんせい》の突きを送り込んだ。

パッと飛びすさったのは、背の高い百姓のなりをした男だった。音次郎は即座に間合いを詰めると、腰間からすくいあげるように刀を振り切り、相手の胸から肩口にかけて斬り捨てた。

「うごっ……」

男が奇妙な声を漏らしてよろめくと、胸のあたりから鮮血が迸《ほとばし》り、乾いた地面を染めた。音次郎はその男には一切かまわず、横合いから襲いかかってきた男の刀をすりあげるやいなや、俊敏に体を反転させると、相手の背後に回りこみ、間髪《かんはつ》を容《い》れずに刀を大上段から振り下ろした。

「ぎゃあ！」

悲鳴と同時に、首の付け根から血潮が噴きあがった。これは行商人のなりをしていた男である。残るはもうひとりの百姓姿の男だ。

この男は仲間の二人を倒されたことで、気後《きおく》れしたように大きく下がり、青眼の構えを取っていた。

「甚蔵《じんぞう》、斬れ、斬るんだ！」

伊左吉がつばを飛ばしながら喚《わめ》いた。

「旦那ッ！」

新たな声がした。

それは三九郎であった。お藤も駆けつけてきて、事態に目を見開いた。

しかし、音次郎は甚蔵という男が突進してくるのを、静かに見つめ、刀を右手一本で持ち、体を斜にして構えた。

　甚蔵が地を蹴《け》って宙に舞い、振りあげた刀を音次郎の脳天に撃ち下ろしてきた。風が地表の土埃《つちぼこり》を払い、音次郎の片袖を揺らした。

　宙に躍りあがった甚蔵の体は、頂点に達するとそのまま地上に下りてくる。刹那、地面に作られた二つの影が交叉《こうさ》した。

　斜構えの音次郎は、体を開くように右足を踏み込みながら、片腕で持った刀を電光石火の早業で斜め上に振り抜いたのだった。

　甚蔵は脾腹《ひばら》を深く抉《えぐ》られており、着地と同時にくずおれるように横に倒れた。四肢を伸ばして体を短く痙攣《けいれん》させると、日の光を背にした音次郎を見あげた。

「お、おのれッ……」

　言葉を漏らした甚蔵はそこで、がくっと頭を地につけた。

一瞬の静寂が訪れた。しかし、蝉の声だけは周囲にかしましくつづいている。音次郎は刀に血ぶるいをかけ、ぎんと鋭い目を伊左吉に向けた。ずいと一歩足を進めると、すっかり度を失っている伊左吉は一歩下がった。

「伊左吉、おまえの重ねた悪事もこれまでだ。いくら誤魔化しても、いつかはその罪滅ぼしをしなければならぬときがやってくる」

「や、やめろ。く、来るな……」

伊左吉は片手をあげて、いまにも尻餅《しりもち》をつきそうに下がる。音次郎は冷え冷えとした眼差しを送りながら詰め寄る。

「おれは何もしちゃいない。やめてくれ」

「見苦しいぞ。何の罪もなくおまえに殺された者のことを考えたことがあるか。おそらく、あるまい。天に成り代わり成敗してくれる」

「く、来るな。ほしいものがあったら、何でもやる。いうとおりにする。助けてくれ」

「ならばひとつ教えてもらいたいことがある。盗人のおまえには仲間がいるはずだ。その仲間の居場所をいうのだ」

「……ば、番頭格なら石浦町の藪《やぶ》の内《うち》で商売をやっている。国見屋という道具屋だ」

「他の仲間は？」

「茂兵衛の下にいるのがそうだ」

「数は」

「茂兵衛を入れて六人。その他にはいない」

「よくぞ教えてくれた」

「それじゃ助けてくれ……」

伊左吉の声は、音次郎のひるがえした一刀でかき消えた。

鋭い切っ先に喉《のど》をかっさばかれたからである。伊左吉は断末魔の悲鳴もうめきも漏らすことができず、これ以上開かないというぐらいに目を瞠《みは》り、斬られた喉に手をあてた。その指の間から鮮血がしたたっていた。

・

音次郎は伊左吉がどさりと倒れる前に、五兵衛とおせいを振り返った。慈愛に満ちた目で二人を見つめ、懐紙で刀を拭《ふ》いて鞘に納めた。

「おせい、よくぞ無事であった。五兵衛はおまえを取り返すためにずいぶん足を棒にした。感謝することだ。それから両親がおまえの帰りを待っている」

「えっ……」

おせいは凝然《ぎょうぜん》とした暗い眼差しを音次郎に向けていたが、その目に意外だという驚きがにじんだ。

「嘘ではない。心の底からおまえの身を案じているのだ。しかし、生きるということは憂きつらき道である。親を憎むでないぞ」

「……はい」

返事をしたおせいの顔に、ようやく安堵《あんど》の色が浮かんだ。

「五兵衛、おせいのことしっかり面倒見てやれ」

「はい、それはもう。ありがとうございます」

五兵衛は深々と頭を下げた。

「旦那、こいつらだったとは気づきませんでした」

三九郎が地に伏している男たちを眺めてからいった。

「こやつら変装していたからな。無理もなかろう。五兵衛、金を拾ったら帰るのだ」

五兵衛が急いで金を拾い集めると、みんなは石切場をあとにした。

だが、坂道を下りはじめたとき、前方から急ぎ足でやってくる一団を見て、みんなは足を止めた。

「旦那、あれは……」

三九郎が音次郎を見た。

六

坂下からやってくるのは助九郎たちだった。子分三人と、ひとりの武士がいっしょだ。

音次郎が眉間《みけん》にしわを寄せると、助九郎たちが足を止めた。

「やい佐久間、ここで会ったが百年目だ！」

まぶしげに見あげてきた助九郎がつばを飛ばしながら喚《わめ》いた。

「てめえを待つのにずいぶんと暇暮らしをしたぜ。鶴亀に来ると思ったが、うまいこと考えやがった。だが、もうここまでだ。てめえら、金沢から生きては帰さねえ。五兵衛、おまえも同じだ。おせいを取り返したようだが、宮腰に帰ることはできねえぜ」

助九郎は被っていた頭巾を剝《は》ぎ取り、坊主頭を日の光にさらした。そのままゆっくり近づいてくる。子分のひとりがさっと刀を引き抜くと、それにあわせたように助九郎も刀を抜いた。ついている侍だけは、柄《つか》に手をかけただけだ。

「お藤、五兵衛とおせいを頼む。ここはおれと三九郎で片づける」

「でも、相手は五人です」

お藤がいった。

「なあに、やつらの腕はわかっているんだ。もっともあの侍はわからねえが……」

三九郎が手につばをつけて、さらりと刀を抜いた。

互いの距離はもう五間《けん》あまりだった。音次郎たちは坂の上に位置するので、助九郎たちを見下ろす恰好《かっこう》である。

「助九郎、おまえたちは下がっていろ。おれの話が先だ」

ひとりの侍がそういったが、

「浅香の旦那、こうなりゃ切り刻んでやるだけですよ。おれは仲間を殺されているんです。おまけにこんな頭にされちまって……」

助九郎は自分の坊主頭をぺたぺたとたたいた。と、一散に坂を駆けあがってきて、長刀を横薙ぎに払った。音次郎はぴょんと飛んでかわし、助九郎の返す刀を斜め下方に打ち払った。その間に、他の者が三九郎とお藤に向かっていった。

音次郎は助九郎から間合いを取りながら、横をすり抜けようとした男の脇腹を斬りつけ、さらに返す刀で背中に一太刀浴びせた。

斬られたのは仙助であった。絶叫をあげて坂道を転がってゆき、ひとりの侍の足許で止まった。その侍の目が音次郎に鋭く向けられたが、すぐに助九郎に視線を移し、

「おい、誰が斬り合いをやれと申した！」

と、怒鳴った。

だが、助九郎たちは聞く耳を持っていない。

音次郎は撃ちかかってきた助九郎の長刀をかわすなり、とんと地面を蹴って立ち位置を下に取ると、悠然と刀を下げてつぎの攻撃を待った。

「無駄なことを……なぜ、死に急ぐ。だが、おまえのような下衆《げす》はこの先生きていてもろくなことはしないであろうな。鶴亀にいた女郎菊乃を殺したのもおまえの仕業であろう。その他にも伊左吉の指図を受けて殺しを重ねている。そうだな」

「なにを……」

口をねじ曲げて目を血走らせた助九郎が、袈裟懸《けさが》けに刀を振ってきた。同時に、音次郎は坂下から助九郎の懐に飛び込むように動いた。二つの体がすれ違った。

助九郎の刀は空を切っていたが、音次郎の刀は助九郎の下腹を斬っていた。だが、それは深手ではなかった。よろめきながら、転がるまいと踏みこたえた。

音次郎は冷め切った目で見下ろした。そのとき、そばにいた侍の刀が、日の光を照り返しながら、鮮やかに振り抜かれた。その刀は、助九郎の肩に深く食い込み、一瞬にしてとどめを刺すことになった。

「馬鹿めがッ」

侍は吐き捨てると、音次郎をにらみあげた。

「きさま、何の狙《ねら》いがあってこの城下に入っている。きさまの仲間も同じだ。聞けば宮腰であれこれ探りを入れていたそうじゃねえか」

侍はじりじりと間合いを詰めてきた。

音次郎の背後でいくつかの悲鳴がした。三九郎が助九郎の仲間を斬ったようだ。さらにお藤は狂ったように斬りかかってきた男を、とんぼを切ってかわし、さらに迫ってきた相手の刀を、横にかわした。軽い身のこなしはお藤の得意とするところだ。

「おりゃッ！」

だが、相手は裂帛《れっぱく》の気合を込めて撃ち込んできた。短刀を持って身構えていたお藤は、その攻撃をかわすために宙を飛んだ。相手の頭上でくるりと一回転しながら、短刀を振り下ろした。その切っ先は相手の後ろ首に突き刺さっていた。

「うげぇ」

男はどさりと大地に伏した。舞いあがった土埃が崖下から吹いてくる風に流された。

これで残るのは音次郎と対峙《たいじ》している侍だけになった。

「なぜ、そのようなことを聞く」

音次郎は相手を見据えた。

「江戸から来た者らしいな。もしや……」

侍は間合いを詰めて聞く。隙《すき》がない。これはかなりの腕だと音次郎は警戒した。しかし、相手の剣気はまだ募っておらず、殺気も弱い。

「もしや、何であろうか？」

音次郎が問い返すと、

「公儀の使いではないか」

と相手はいった。音次郎は口辺に笑みを漂わせ、警戒をほどいた。とたん、相手の目が虚をつかれたように動いた。

「するとそのほうは前田家の者であろう。だが、公儀の使いは帰った。身共らはただの旅の者。公儀の使いは、前田家が上様に忠実な家臣であることをたしかめたに過ぎぬ。その使者は身共《みども》にこう申した」

「何と？」

相手の太い眉が上下に動いた。雲が日を遮り、あたりが翳《かげ》った。

「上様の大事な家臣の国や町を乱す者は、つまるところ上様に弓を引くのと同じ、目に余る者がいるなら遠慮せずに成敗しろと……。鶴亀の主は、女郎屋を隠れ蓑《みの》にした親不知の伊左吉という極悪非道の盗賊であった。よって、天に代わり身共が成敗した。さらに、地に伏しているかぶき者は、城下で蛇蝎《だかつ》のごとく嫌われている迷惑者である。しかも伊左吉の命で病んだ女郎を殺害した下郎。下手な手出しをしてこなければ、身共らも見過ごしただろうが、命を狙われては黙っていることができなかった。ただ、それだけのことだ」

「……公儀の使いは本当に城下を去ったのか」

「いかにも」

「くっ」

うめきを漏らした侍は、周囲の空に視線を這《は》わせてから、音次郎に顔を戻した。そのままじっと音次郎を見つめ、そして背後にいる三九郎たちに目をやった。

「拙者は浅香新五郎と申す。貴公らはいつこの国を出る？」

「これからだ」

「……さようなことであるなら、気をつけてまいられるがよい」

新五郎はそういうと、道を開けるように半身になって、刀を納めた。音次郎は背後を振り返って、行くぞと五兵衛たちをうながした。そのまま みんなは新五郎の脇を通って坂を下っていった。そのとき、新五郎が何かをつぶやいた。

「……おれはついてねえ」

その言葉を耳にした音次郎は、片眉をぴくりと動かして足を止め、浅香新五郎を振り返った。

「浅香新五郎と申したな。まだ城下を荒らす悪党の一味が残っている。成敗しなければならぬが、手を貸してくれるか。お手前の国のためでもある」

新五郎の目がくわっと見開かれた。

「やろう」

七

伊左吉の盗賊仲間の店は、石浦町から高岡町への中間小路にあった。土地の者が藪の内という通りである。国見屋という道具屋は煌々《こうこう》とした蒼《あお》い月明かりを受けているが、深い闇に沈み込んでいる。

その店の表に、音次郎は立った。そばにお藤と三九郎、そして浅香新五郎の姿もあった。

「もはや問答無用であろう。遠慮はいらぬはずだ」

音次郎は仲間の顔を見てつぶやくと、三九郎に目配せした。すぐさま、三九郎とお藤が裏に回りこんだ。残った音次郎は新五郎と顔を見合わせてうなずいた。

どこかで梟《ふくろう》の鳴き声がした。

店の裏に回ったお藤は、閉め切られた勝手口の戸を短刀の切っ先でこじ開けるようにして、横に滑らせていた。戸は音もなくするすると開いた。三九郎がすかさず忍び込み、表口に土間を進む。

お藤は納戸《なんど》のそばで酒を飲んでいる男を認めた。その背後に忍びよると、その首に引き糸をくくりつけて、ぎゅっと絞った。

「うっ」

男はあっさり絶命した。そのとき、三九郎が表戸を開けて、音次郎と新五郎に目顔で合図した。

「いざ、まいろう」

音次郎が静かにそういうと、店のなかに入った。

と、二階から下りてきた男に気づかれた。

「誰だ?」

怒鳴るようにいった男の腹に、三九郎が抜いた刀の切っ先が深々と刺し込まれた。

どさりと男が倒れると、奥の間の襖《ふすま》がさっと開かれ二人の男が現れた。店のなかには行灯《あんどん》と燭台《しょくだい》の明かりがある。一瞬、驚愕《きょうがく》の表情を作った男たちは、とっさに刀を手にした。

だが、その前に新五郎が風のように座敷に躍りあがり、ひとりの腹を払い斬り、打ちかかってきたもうひとりの斬撃《ざんげき》をかわし、その背に痛烈な太刀を浴びせた。

「ぎゃあ！」

絶叫をあげた男の血潮が、真っ白い障子を赤く染め抜いた。

「佐久間さん」

お藤が音次郎に注意を喚起した。新たに二人の男が抜き身の刀を持って立っていたのだ。音次郎は静かに対峙すると、

「茂兵衛というのは……」

「てめえら何もんだ」

牙《きば》を剝くような顔でいった男は、楽な浴衣《ゆかた》を着ていた。もうひとりは絣《かすり》の着流しで、いかにも商人という風情であったが、目には油断のならない光があった。

浴衣のほうが撃ちかかってきた。音次郎があっさりかわすと、そばに控えていた新五郎がその胸を逆袈裟に斬りあげた。

音次郎は残ったひとりの男に、刀の切っ先を向けていた。相手は刀を構えているが、じりじりと後ろに下がる。

「茂兵衛というのはきさまか……」

「それがどうした」

やはりそうであった。茂兵衛の目が逃げ場を探すように動く。

「伊左吉はあの世に去った。行き先は地獄であろう。これで盗人働きもできぬというわけだ。茂兵衛、きさまは賊一味の番頭格であるらしいな」

茂兵衛の額に浮かんだ脂汗が頬を滑り落ちた。

「な、なにが望みだ」

「そんなものなどない」

茂兵衛の目がきょろきょろ動く。

「いったいおまえは、何者だ？」

「……冥府《めいふ》より遣われし者。そう名乗っておこう」

音次郎はそういうなり、刀を一閃《いっせん》させた。

ビュッと白刃が音を立てて閃《ひらめ》き、茂兵衛の漏らしたうめきと同時に、横にあった障子が赤く染められた。

「あやつらは城下を乱す賊であった」

月明かりに照らされる表道に出た音次郎は、新五郎を振り返った。

「身共らはこの国を去るが、浅香殿、あとはよろしく頼む。差し出がましいことであろうが、お手前の手柄になるやもしれぬ。では」

「待たれよ」

音次郎は立ち止まって新五郎を振り返った。そのまま黙って新五郎の目を見た。

「……いや、よい。ただ、礼を申したかったまでだ」

新五郎は軽く頭を下げた。音次郎は口辺に小さな笑みを浮かべると、そのままお藤と三九郎をうながして夜の闇に姿を消していった。

＊

十日後――。

音次郎は東海道を下り、白須賀宿に入ったところだった。深編笠を被っているので、知り合いに会っても相手は気づかなかった。

音次郎はそのまま宿場を抜けて、汐見坂の上に立った。松の枝越しに、夏の日にきらめく遠江灘《とおとうみなだ》がある。遠くには富士が霞《かす》んでいる。また海に目を転じると、白い帆を張った何艘《なんそう》もの漁師舟が見られた。水平線の彼方に大きな入道雲が湧《わ》いている。

お藤と三九郎とは金沢城下で別れた。おせいを連れて帰る五兵衛は、何度も礼をいって見送ってくれた。

そのとき、幼いおせいの頬に初めて明るい笑みが浮かんだのを見て、音次郎はこれでよかったのだと思った。その笑みが未だ脳裏に残っていた。

そしてもうひとつ……。

別れ際に顔をそむけたお藤の横顔に、寂寞《せきばく》の色が掃かれるのを見たのである。あのとき、音次郎はお藤もあの夜を機に懊悩《おうのう》していたのだと知った。

しかし、その懊悩を引きずっているのは、むしろ自分のほうではないかと思った。

中有《ちゅうう》の闇に浮かんだお藤の白い肌は、いまでも頭にこびりついている。

音次郎は雑念を払うことに苦心しつづけた。同時に、きぬに対する背徳と裏切りの念に苛《さいな》まれているのであった。

だが、もうそのことは吹っ切らねばならなかった。

音次郎は首筋をつたう汗をぬぐうと、大きく息を吸って吐いた。留守を預からせているきぬのもとに帰らなければならない。

往還から山側の道に入り、しばらく行くとなつかしい家が見えた。家を空けて一月もたっていないのに、ずいぶん久しぶりに帰るような気がした。

庭にきぬの姿が見えた。音次郎に気づかず、一心に洗濯物を干していた。

音次郎は庭に入ったところで、足を止めて洗濯物を干すきぬを眺めた。と、気配を察したきぬが、音次郎を見て作業の手を止めた。それから頭に被っていた手拭いを取って、満面に笑みを湛《たた》えた。

照りつける日射しを浴びるその顔は、いつになく美しかった。

「旦那さん」

つぶやいたきぬが、小走りで駆け寄ってきた。

「お帰りなさいませ」

一礼したきぬの手を音次郎はつかんで引き寄せた。そのまま抱きよせて、

「会えてよかった」

と、ささやくようにいった。

うっすらと汗をにじませたきぬの顔があがった。

「旦那さんも無事に帰られて、きぬも安心でございます」

二人は互いに微笑《ほほえ》みを浮かべて、長々と見つめ合った。

頭上の空で舞う鳶《とび》が長閑《のどか》な声を降らしていた。

あとがき

年が明け、もう一月が終わる。歳月の流れは速い。油断していると、月日に自分を置き去りにされそうだ。

気を引き締めて仕事をしているつもりであるが、遅々として進まないときもある。仕事は立て込んでいる。自分に焦ってしまうときもままある。

そんなとき、気分一新だとばかりに、ゴルフに出かける。成績はともかく、広々としたフェアウェイを歩き、豪快なショットを放てば気分爽快。明日への活力になる。

もっともゴルフの腕はなかなか上がらない。80切りをめざしているが、高いハードルである。これを超えようと目下奮闘中だ。

しかし、奮闘しなければならないのは作品作りである。

「問答無用」シリーズも、お陰様で七巻目になる。

これも読者の賜《たまもの》だと感謝するばかりである。

それにしてもシリーズがつづくと、新たな展開に頭を悩ます。つぎはどういった内容にしようか。どんな設定にしようか。

場所は？　季節は？　新たな登場人物は？　などといろいろ考えなければならない。

前回は郡上八幡《ぐじょうはちまん》を舞台にした。それじゃ今回はといろいろと考えて、思いついたのが金沢であった。

そして、この巻を書くにあたり、金沢取材の我が儘を、編集部に聞いてもらった。

物語は夏であるが、取材に行ったのは初冬であった。それでも一切かまわない。金沢の空気と地理、風と空気がわかれば十分だった。

しかし、担当編集者は気を利かして、綿密な取材スケジュールを立ててくれていた。

これには頭が下がった。お陰で有意義な取材ができた。

そのせいもあるのか、この巻には力が入った。

物語の構想に時間がかかり、執筆に十分な時間を割けなかったが、それなりの仕上がりになっていた。

しかし、力が入りすぎたか、出来上がり原稿にはいくつかの瑕疵《かし》があった。薄々自分でも気づいてはいた（だったら直しておけって）が、担当編集者はさすがプロである。見逃しはしない。物語の瑕疵を指摘してきた。その後、整合性も検討された。

校正の段階で、かなり緻密な直しをした。結果的には、面白いエンターテイメント作品に仕上がったと自負している。もちろん、これは読者の判断を待たねばならないが、かなり満足度の高い作品になっているのではなかろうか。

このシリーズで、主人公の佐久間音次郎が旅に出るのは二度目である。そして、新たな役目もはっきりした。ますます音次郎の活躍と、物語のテンションを上げていきたいと思う。読者のみなさまには今後も期待していただきたい。

二〇一〇年初冬

稲葉　稔

本書は2010年3月徳間文庫として刊行されたものの新装版です。

徳間文庫

問答無用

陽《かげ》炎《ろう》の刺《し》客《かく》

〈新装版〉

2019年12月15日 初刷

著者 稲《いな》葉《ば》稔《みのる》

発行者 平野健一

発行所 東京都品川区上大崎三―一―一 目黒セントラルスクエア 〒141―8202 株式会社徳間書店

電話 編集〇三(五四〇三)四三四九 販売〇四九(二九三)五五二一

振替 〇〇一四〇―〇―四四三九二

印刷 製本 大日本印刷株式会社

ISBN978-4-19-894517-6

徳間文庫の好評既刊

稲葉 稔

さばけ医龍安江戸日記

書下し

　富める者も貧しき者も、わけへだてなく治療する菊島龍安を、人は「さばけ医」と呼ぶ。今日も母を喪った幼子のために身銭を切って治療する龍安だが、その名を騙る医者が現れた。しかも偽医者は治療と称して病に苦しむ人々を毒殺していったのだ！

稲葉 稔

さばけ医龍安江戸日記
名残の桜

書下し

　徒組の下士・弥之助の妻、美津の体は日に日に弱っていた。転地療養を勧める龍安だが、弥之助が徒組を追われてしまう。前の医者への薬代で借金がかさんだ弥之助は、妻を救うために刺客の汚れ仕事を引き受けてしまった。ふたりの人生を龍安は救えるか!?

徳間文庫の好評既刊

稲葉 稔

新・問答無用
騙り商売

書下し

薬売りの七三郎が長屋で不審死を遂げた。折しも町年寄の元にネズミ講まがいの騙りにつられた被害の訴えが押し寄せていた。膏薬や丸薬を葛籠で仕入れて首尾良く売れれば成功報酬が支払われる儲け話だったのだが、素人にそうそううまくいくものではない。

稲葉 稔

新・問答無用
沽券状《こけんじょう》

書下し

霊岸島浜町の大家りつが旅から帰ってくると、家屋敷や他の不動産までそっくり他人のものになっていた。権利書「沽券状」を偽造して持ち主が知らぬ間に家屋敷を売りさばく詐欺が横行しているのだ。事態を重く見た町年寄たちは柏木宗十郎に探索を命じた。